Deux vies à deux

53, rue Saint Jean-Baptiste de la Salle
59000 Lille

6, rue Laplace
75005 Paris
www.tohubohu.paris

ISBN : 978-2-37622-246-0

Dépôt légal : octobre 2022

Deux vies à deux

roman

Jean-Pierre Lacor

TOHUBOHU ÉDITIONS

LES ÉDITIONS DE L'HORLOGE

À Sandrine, ma fille et à Diana Solano
pour leur lecture attentive et leurs conseils.

1.

Jacqueline est morte, à trois heures et demie du matin, il y a deux ans. Jacqueline, la femme que j'adore depuis soixante ans, est morte tout d'un coup. Crac ! elle s'est laissée tomber contre les oreillers, elle ne respirait plus, son cœur avait cessé de battre.

Comme dans les films j'ai essayé de la réanimer... bouche-à-bouche, massage cardiaque... rien à faire.

J'étais en état de choc. Je suis resté un long moment assis à côté d'elle sur le lit, à la regarder, sans y croire bien qu'en y croyant.

Par la suite, tout s'est passé comme dans un cauchemar. Je n'ai pu me résoudre à appeler les enfants, par peur de leur annoncer la nouvelle en plein milieu de la nuit, mais j'ai envoyé un message à chacun d'eux, leur demandant de me joindre dès qu'ils se réveilleraient.

Les heures qui s'écoulèrent avant qu'il y ait du mouvement dans la maison ne m'ont pas paru interminables même si mes souvenirs restent vagues. Je sais que j'ai fermé les yeux de Jacqueline et que j'ai essayé de dessiner un sourire sur ses lèvres pour qu'elle soit aussi jolie après qu'avant. C'était la première fois que je me trouvais avec un corps sans vie et peut-être qu'avec un peu plus de patience j'aurais réussi à la faire sourire.

Puis je suis allé dans le dressing pour choisir les vêtements qu'elle porterait dans son cercueil. Je me suis décidé pour un ensemble bleu marine qui me plaisait.

Le temps s'est écoulé, je ne réalisais pas. Galdino, notre homme à tout faire, est entré dans la maison, intrigué par les lumières allumées alors qu'il faisait déjà jour. Je lui ai dit la nouvelle, son visage s'est décomposé. Je crois qu'il avait de l'affection, ou tout au moins de l'estime pour Jacqueline... Ils n'arrêtaient pas de papoter lorsqu'ils sortaient promener les chiens.

À neuf heures, j'ai appelé mon ami Juan qui est docteur en médecine, pour lui demander quel genre de déclaration officielle je devais faire. Il m'a donné le numéro de téléphone d'un autre docteur en médecine qui se chargerait de toute la paperasserie. Je précise docteurs « en médecine », car j'ai vécu deux ans en Italie et, là-bas, il vaut mieux savoir de quel genre de docteur on parle parce que tout le monde, ou presque, s'attribue le titre impunément.

Plus tard, mes trois enfants m'ont appelé. Stéphane, l'aîné, qui vit à Chicago, arriverait le lendemain, vers midi. Jérôme, second pilote à l'Aeromexico, fierté nationale, était à dix-mille mètres d'altitude et ne rentrerait à Mexico que le soir. Sandrine, la petite dernière, d'à peine cinquante ans, que ses frères m'accusent de chouchouter, m'a demandé si j'étais bien sûr qu'il s'agissait de sa maman et, quand je le lui ai confirmé, d'une voix cassée m'a dit qu'elle quittait Mexico immédiatement.

Finalement, ma belle-fille Gillian, la femme de Jérôme, est arrivée vers dix heures pour m'aider. Nous sommes passés chez le médecin. L'enfoiré m'a tiré six-mille pesos et des poussières pour un certificat de décès rédigé à la va-vite sur lequel il n'a pas été foutu d'orthographier correctement les noms de Jacqueline. Ensuite, nous nous sommes rendus aux pompes funèbres Núñez pour transférer le corps de Jacqueline dans un cercueil provisoire jusqu'au cimetière français de San Joaquín, à Mexico. J'y ai acheté la complète : cercueil de luxe, salon funéraire pour la cérémonie et incinération.

Nous avons été reçus par M. Saúl Núñez en personne qui nous a promis qu'un de ses assistants se présenterait chez moi dans une heure environ pour préparer et installer le corps. Nous sommes également convenus que le transfert à Mexico aurait lieu le lendemain pour permettre à Stéphane d'assister à la cérémonie.

Si l'assistant fut ponctuel, son intervention fut une chose horrible ! Il m'a demandé les vêtements que j'avais préparés pendant la nuit, s'est enfermé avec Jacqueline dans notre chambre et, un bon bout de temps après, en est sorti avec deux bidons en plastique transparent, pleins de liquide. Il m'a demandé où il pouvait les vider. C'était trop, je n'en pouvais plus, j'ai appelé Galdino.

Ils sont revenus peu après, portant le cercueil vide qu'ils ont rapporté, occupé, quelques minutes plus tard et l'ont posé sur une plateforme pliable que l'assistant avait installée dans l'entrée de la maison. Je me suis approché pour regarder

Jacqueline. Elle était aussi belle que d'habitude mais comme étrangère à ce qui se passait dans notre monde.

Et les gens ont commencé à arriver : Sandrine d'abord, puis des membres de la famille de Galdino, quelques voisins et même des amis de Valle de Bravo qui avaient appris la nouvelle d'une façon ou d'une autre. À la nuit tombée, Jérôme est arrivé, de retour de son vol dont la provenance m'était inconnue.

Où j'étais pendant tout ce temps, comment je me suis couché ce soir-là, je n'en ai aucun souvenir. Je me souviens seulement du lendemain matin, lorsque le corbillard des pompes funèbres Núñez est arrivé. On a chargé le cercueil dans le fourgon et nous sommes partis vers le cimetière français.

Ils nous avaient réservé le salon Côte d'Azur !

À moi, cette cérémonie me paraissait tout, sauf Côte d'Azur. Pas mal de monde était déjà là, y compris Stéphane qui n'a plus quitté l'estrade où était installé le corps de sa mère. On aurait dit qu'il voulait la protéger. Je suis allé saluer la famille et les amis ; à vrai dire, je ne me souviens pas bien de qui était présent. Sûrement le mari d'une grande amie de Jacqueline, morte elle-même trois ou quatre ans avant ; peut-être le fils de notre défunt ami Pierre Magar que j'ai confondu avec un copain de Sandrine.

Puis est arrivé le moment de l'incinération. On nous a fait suivre le cercueil jusqu'à une petite maison éloignée du bâtiment principal où nous avons attendu environ deux heures. Une femme habillée de noir est enfin sortie, portant une caissette où se trouvaient les cendres, ornée d'une petite plaque métallique gravée au nom de Jacqueline. Je me suis emparé de l'objet comme si c'était un trésor et je ne l'ai pas lâché pendant qu'on me faisait signer une ribambelle de documents. L'avoir avec moi, près de moi, me donnait l'impression que Jacqueline était encore là et que nous étions ensemble, pour toujours… comme toujours.

Il y avait encore beaucoup de parents et d'amis quand nous avons quitté le cimetière, mais je serais incapable d'en nommer un seul. Nous nous sommes dirigés vers les voitures. Je ne sais qui a conduit pour rentrer à la maison.

J'ai un trou complet sur ce qui s'est passé. Le trou a duré des semaines. Je suppose que je suis resté seul chez moi. Mes enfants m'appelaient sûrement souvent, comme ils ont continué à le faire depuis, mais j'ai eu des semaines entières de blanc total. Certains épisodes ont pu avoir lieu pendant cette période, mais je ne le jurerais pas ; comme le déjeuner à La Michoacana auquel j'avais invité Yolanda et la Nena et où se sont joints à nous les Constandse, qui d'ailleurs ne m'ont plus invité depuis. Ou s'ils l'ont fait je n'en ai aucun souvenir. Comme la messe organisée par Brenda en hommage à la fondatrice de LIVA. Quand nous sommes revenus des États-Unis pour nous installer à Valle, Jacqueline, qui a toujours adoré les animaux, a été fortement choquée de voir des chiens et des chats errer dans les rues du village, affamés, victimes de sévices d'imbéciles qui trouvaient très drôle de les brutaliser. Si bien qu'elle a créé en 2010 la LIVA, une sorte de SPA en plus petit. Les choses ont bien marché, mais c'était trop de stress pour Jacqueline qui a pris la résolution de passer un peu la main en engageant Brenda comme directrice. Cette même Brenda qui a eu l'idée de cette messe dont je viens de vous parler, parce que moi, en matière de messes, je n'y connais rien et je ne souhaite pas sortir de mon ignorance.

La cérémonie fut originale à part le curé et tout ce qui s'ensuivit. Brenda avait demandé aux gens de venir accompagnés de leurs animaux. Je m'attendais à un bordel d'aboiements et de bagarres, mais rien du tout... leur conduite fut irréprochable et le curé a pu officier à son aise. Mon fils Jérôme a fait un discours très émouvant, mais qu'on ne me demande pas ce qu'il a dit, je l'ai oublié.

Le problème avec ma mémoire, c'est que les événements récents s'évanouissent en fumée. Il y a quelques mois, pour des raisons que j'ai oubliées, Sandrine m'a emmené voir un psychiatre à Cuernavaca qui m'a prescrit, entre autres, un médicament à base de mémantine qui aide la mémoire. Il s'agit de l'Eutebrol, distribué par les laboratoires Asofarma de Mexico. Non, je ne me souviens pas de tous ces noms grâce à un miracle dudit médicament : je viens juste de me lever pour aller vérifier dans ma table de nuit ce qui est écrit sur la boîte. En réalité, ladite mémantine ne m'apporte aucun souvenir et pourtant j'en avale trente milligrammes par jour.

La saison des lacunes s'est terminée environ quatre mois après le départ de Jacqueline. C'est-à-dire que, dès le milieu du premier trimestre 2019, je me souviens plus ou moins bien des événements de ma vie quotidienne.

Un quotidien misérable, une vie de chien !

On a vécu près de soixante ans avec une per-
e que l'on adore et on se retrouve bruta-
t sans elle. Nous ne partagions pas vraiment

nos activités : elle passait tout son temps à s'occuper d'animaux, et moi, à ne rien faire pour dire vrai. Mais c'était sa présence.

À partir du 14 octobre 2018, je tournais la tête à gauche et je voyais le fauteuil vide de son bureau. J'ouvrais l'œil le matin et ne savais pas comment trouver la force de finir la journée. Le soir, je me couchais et elle n'était pas près de moi, déjà endormie comme à l'habitude. L'absence est la pire des présences.

Je n'avais pas envie de me distraire en voyant des amis. Mes enfants, malgré l'affection qu'ils me montraient, ne pouvaient pas combler le vide et ils le savaient. J'invitais quand même à déjeuner quelques connaissances, en fait je me rends compte qu'il s'agissait presque toujours d'amies – bien que je n'aie jamais été Don Juan ou Casanova. Avec l'une d'elles, Leti, une grande amie de Jacqueline, je suis même devenu très proche et nos conversations téléphoniques, presque quotidiennes, me remontaient le moral. Je ne l'en remercierai jamais assez.

Le reste du temps, je pensais au passé et à ce qui me distrayait il y a des années, mais je n'avais pas envie de recommencer quoi que ce fût. L'écriture aurait pu constituer une échappatoire, cependant je n'avais pas idée de quoi écrire.

Depuis toujours, j'avais souhaité mourir après Jacqueline parce que j'étais persuadé qu'elle ne pourrait faire face, sans moi, aux petits problèmes de la vie quotidienne : polices d'assurance, contrôles des relevés bancaires, paiements des impôts ou même des factures d'eau… Et bien maintenant qu'elle était morte, je regrettais l'accomplissement de mon souhait. On aurait quand même pu nous laisser quelques années de plus de vie en commun. Soixante ans, bon sang ! C'est pas un truc qu'on interrompt sans prévenir !

Je ne suis pas le seul veuf en ce monde, je le sais bien. Les autres ressentent ou ont ressenti les mêmes choses que moi. Mais une fatalité commune n'est pas une consolation. Je recommande respectueusement à ceux qui vivent toujours en couple de prendre soin de leurs conjoints, de les chouchouter parce qu'on a tendance à prendre pour un fait accompli qu'ils soient toujours près de nous, alors qu'en réalité c'est seulement une question de chance. Certains sont destinés au veuvage, d'autres, non.

Et c'est la merde d'appartenir à la première catégorie.

2.

Mon chagrin, qui a duré plus de deux ans, a fini un peu comme il avait commencé.

J'avais hérité des animaux de Jacqueline : quatre chiens et cinq chats. Si j'avais vécu seul, j'aurais eu un chat pour compagnie. Inutile de sortir le promener. Les chats font leurs besoins dans le jardin et ils sont affectueux quand on leur est sympathique. Mais Jacqueline avait accumulé les bestioles, il fallait bien s'en occuper. Parmi elles, Chloé, une chihuahua blanche, considère la maison comme ses toilettes, avec une affection particulière pour les tapis persans qui habillent mes parquets. Heureusement, mon lit est épargné...

Cette nuit-là, vers deux heures et demie du matin, je me suis à moitié réveillé en me retournant et j'ai cherché Chloé de la main. Stupeur et frayeur se sont entremêlées quand j'ai trouvé une autre main sur le corps de la petite chienne ! Rapido presto, j'ai récupéré mon sang-froid et commencé à en explorer les contours : un bras, une épaule, puis, un peu plus haut, une chevelure qui me rappela immédiatement celle de Jacqueline.

Je me suis assis et j'ai allumé ma lampe de chevet.

C'était elle.

— Qu'est-ce que tu fais avec la lumière allumée ? a-t-elle murmuré.

J'ai éteint immédiatement et là, dans un délire fait d'étonnement et de bonheur, je l'ai serrée contre moi jusqu'à ce qu'elle ajoute d'une voix plaintive :

— Laisse-moi dormir, j'ai sommeil.

— C'est toi ? ai-je demandé.

— Qui veux-tu que ce soit ?

Et elle m'a repoussé en se retournant.

Je me suis allongé sur le dos, j'étais méli-mélo dans ma tête. Puis je me suis mis à réfléchir. Si elle était là – or il s'agissait bien d'elle –, c'est que j'avais vécu un cauchemar éveillé durant plus de deux ans. Un cauchemar qu'on pourrait appeler de la folie. Je l'ai touchée à nouveau pour être certain que je ne rêvais pas. Pas de doute, c'était bien elle. Elle était là, comme elle l'avait toujours été pendant soixante ans. Tranquille. Bien vivante.

Je n'ai pas pu fermer l'œil tout le reste de la nuit. Je me souvenais des funérailles au cimetière français, de l'attente interminable avant de recevoir la petite boîte de cendres. Tout cela paraissait vrai mais ne pouvait pas l'être.

Ledit cauchemar avait commencé à deux heures et demie du matin...

Il était de nouveau deux heures et demie du matin...

Vraisemblablement, mon cerveau avait fait un plongeon dans l'insensé et tout se remettait en place. Le placard de Jacqueline n'avait jamais été vidé. Sa brosse à dents et ses produits de beauté étaient toujours sur son lavabo. Alors que je croyais les avoir gardés en souvenir d'elle, elle s'en servait tous les jours. Voilà qui était rassurant !

Mais penser que l'on a passé plus de deux ans de sa vie dans la folie totale est effrayant. Je suis resté plusieurs heures sans pouvoir dire si mon égarement appartenait au présent ou au passé.

Puis Jacqueline s'est levée.

Dehors, il faisait jour. J'ai fait semblant de dormir encore un moment, avant d'aller la retrouver à la salle de bains où elle farfouillait dans ses tiroirs. Je me suis approché d'elle et, sans me laisser le temps de l'embrasser, elle m'a demandé :

— Qu'est-ce qu'il t'est arrivé la nuit dernière ? Des cauchemars, des insomnies ? Tu m'as réveillée au moins deux fois.

Je suis resté sans voix. J'avais désormais la confirmation d'avoir retrouvé une vie normale.

— Pas du tout ! ai-je répondu en essayant de cacher mon ahurissement. Ni cauchemar ni insomnie, je rêvais que nous partions en voyage de noces et que je prenais le plus grand soin de ma petite femme adorée.

Elle a haussé les épaules avec un petit rire, puis a semblé avoir trouvé ce qu'elle cherchait dans ses tiroirs. Je ne me suis pas risqué à regarder ce dont il s'agissait.

Je ne m'étais jamais senti aussi heureux ! Bien évidemment, je n'avais pas intérêt à parler de ces deux dernières années, elle n'aurait pas aimé que je l'aie enterrée vivante ! Avec sa maîtrise en psychologie clinique de l'université Columbia, elle aurait tout de suite flairé je ne sais quel transfert freudien de mauvais augure.

En allant m'habiller, j'ai eu envie de mettre mon smoking des grandes occasions, mais, là encore, je me suis dit que ça pouvait lui mettre la puce à l'oreille. En outre, j'ai pris quelques kilos depuis la dernière fois. J'aurais eu l'air de quoi !

J'étais dans notre dressing à me demander quoi me mettre sur la couenne pour fêter cette journée si heureuse quand Jacqueline a passé une tête pour m'annoncer qu'elle allait promener les chiens.

— Tu as prévenu Galdino ?

Mais je me suis immédiatement rendu compte que ma question était suspecte.

— Et pourquoi devrais-je le prévenir ? a-t-elle demandé.

Et elle est partie sans attendre de réponse de ma part, comme elle l'avait toujours fait.

J'ai choisi une chemise en lin blanc et des pantalons jaunes pour me prouver, ainsi qu'au monde entier, que je n'étais plus en deuil !

En arrivant à la cuisine pour prendre mon petit déjeuner, Rocío débarrassait la table, probablement la tasse de Jacqueline. Après m'avoir dit bonjour, elle m'a demandé ce que je voulais pour le déjeuner.

— Aujourd'hui, c'est jeudi, salade niçoise, lui dis-je. Et n'oubliez pas de mettre deux couverts.

— Deux couverts ?

Elle semblait perplexe, mais je n'y fis pas attention, elle est souvent distraite.

Comme je terminais mon petit déjeuner, les chiens sont entrés en trombe, suivis de Jacqueline et, à quelques pas derrière, de Galdino qui m'a demandé de l'argent pour les produits d'entretien de la piscine.

— C'était comment, cette promenade ? ai-je demandé.

— Comme d'hab, mais des porcs ont vidé leurs ordures sur le petit chemin qui va à la chapelle. Jérôme a raison d'essayer de civiliser les gens du quartier. Il y en a qui n'ont pas idée de ce que veut dire vivre en communauté.

Je n'ai pas pu m'empêcher de penser que Jérôme s'était lancé dans sa croisade d'éducation communautaire depuis seulement quelques mois...

Quand on parle du loup... Sa moto est entrée dans le garage à ce moment-là. J'allais me précipiter pour lui annoncer la réapparition de sa maman, quand je me suis rappelé juste à temps que, pour le reste du monde, elle n'avait jamais disparu.

Pour moi, oui, j'étais passé dans une autre dimension pendant près de vingt-six mois.

Pourquoi ne m'a-t-on pas remis dans mes pompes pendant tout ce temps-là ? Pourquoi ne m'a-t-on pas emmené voir un psychiatre ? Ah, mais si ! Un jour, Sandrine m'a accompagné chez un psy à Cuernavaca, un gugusse qui m'a écouté parler de mon deuil et m'a prescrit des pilules de mirtazapine pour me faire dormir comme une bûche et modérer ma dépression. Tiens, il faudra que je vérifie avec Sandrine si cette visite chez le psychiatre a bien eu lieu ou si c'est encore une de mes hallucinations...

Jérôme voulait s'assurer de la bonne marche d'un générateur d'électricité qu'il avait bricolé avec des batteries de voiture. Quand il est passé me dire au revoir, je n'ai pu m'empêcher de lui demander comment il avait trouvé sa mère.

Il m'a regardé comme s'il ne comprenait pas, ou plutôt, comme on regarderait quelqu'un souffrant de démence sénile, puis est reparti vers sa moto. Je ne me suis pas inquiété, il est quelquefois comme ça, le petit.

Toutefois, son regard m'a incité à la plus grande prudence pour le futur. J'étais revenu dans un monde où Jacqueline existait et il fallait que je fasse attention à ne pas donner aux autres l'impression qu'il en allait différemment. Celui qui avait vécu un long épisode de folie, c'était moi.

Je ne devais pas le dévoiler. Personne ne s'était rendu compte de l'égarement de mon esprit pendant ces deux années, il fallait donc que j'agisse comme s'il n'avait jamais eu lieu.

Je suis revenu m'asseoir à mon bureau, à côté de celui de Jacqueline, où elle faisait quelque chose sur son ordi.

Je suis resté à la regarder. Je n'avais jamais été aussi heureux.

— Qu'est-ce que tu as ? m'a-t-elle demandé.

— Rien, je contemple la femme que j'adore. Tout simplement.

Elle a secoué la tête en souriant et m'a dit :

— Tu t'es pas réveillé un peu bizarre aujourd'hui ?

C'était le deuxième avertissement de la journée. Il fallait vraiment que je me méfie de moi-même, mais comment faire quand on retrouve une vie de bonheur que l'on croyait perdue à jamais ?

Ce jour-là, j'ai effacé tous mes mails sans même les lire. Ce n'étaient que des histoires de Bourse ; qui pense à gagner plus d'argent quand il a déjà tout ce qu'il peut souhaiter ?

Je me suis mis à faire un sudoku, un de mes passe-temps préférés pendant ma période de folie. Je me rappelle d'ailleurs parfaitement que j'ai terminé un jeu, catégorie expert, en sept minutes trente. Ni avant ni après, je n'ai égalé ce record. J'ai dû jouer plus d'un jeu car, tout à coup, Jacqueline a annoncé que nous allions déjeuner. Le temps avait passé.

Elle a trouvé la salade niçoise insipide.

— Je devrais me remettre à cuisiner, dit-elle, mais j'ai la flemme.

— Tu cuisines vraiment bien, mais ne t'inquiète pas, je me contente de ce que prépare Rocío. En plus, maintenant que j'ai vendu ma cave, on n'aurait plus rien pour accompagner dignement tes recettes.

— Quelle drôle d'idée ! Qu'est-ce qui a pu te passer par la tête ?

Je n'ai rien répondu, on entrait dans un territoire miné. J'ai eu la meilleure cave de Valle et l'une des meilleures du Mexique. Je ne raconterai pas pourquoi ni comment je l'ai obtenue. Toujours est-il qu'il m'en restait mille-quatorze bouteilles, à quatre-vingt-dix-neuf pour cent du vin français, toutes exceptionnelles. Quand je les ai vendues, j'en ai tiré en moyenne cent-quarante-cinq dollars US par bouteille. Tout ça parce que, quand j'ai cru que Jacqueline était morte, j'ai décidé de ne plus inviter personne à la maison puisque je ne sais pas faire la cuisine. Je n'allais pas boire ces vins tout seul ! Mon ami Gilles m'a présenté quatre hommes d'affaires qui se sont répartis le trésor, tout en augmentant mon patrimoine financier !

— Toute chose en son temps, ai-je répondu à Jacqueline. Toi, tu ne cuisines plus, moi, je ne collectionne plus les pinards.

Elle n'a rien dit et s'est servi, presque à ras bord, un verre d'un tempranillo. Un barón de Ley que je trouve chez Costco au prix raisonnable de deux-cent-trois pesos la bouteille. Le prix des vins espagnols est remarquable dans notre beau pays.

Elle a vidé son verre en guise de dessert, pendant que je savourais un petit pot de crème à la banane, zéro sucre.

On pourrait se demander pourquoi je n'ai pas partagé ce plaisir du vin. Il est notoire que, depuis ma plus tendre enfance, j'ai été amateur, pour ne pas dire esclave, des boissons alcoolisées. Je me suis pris ma première biture à l'âge de trois ans, en plein milieu de la Seconde Guerre mondiale.

3.

Considérons ce chapitre comme une parenthèse car mes bitures ne concernent pas vraiment l'histoire que je suis en train de raconter.

La première de ces bitures, c'était, pendant la guerre, dans les environs d'Annecy, en zone libre de Teutons. Un dimanche, la cuisinière a demandé à ma mère ou à ma grand-mère la permission de nous emmener, mon frère et moi, à un baptême. Après un court voyage dans sa camionnette, nous sommes arrivés sur le lieu de la cérémonie, laquelle, après un épisode strictement religieux, fut joyeusement accompagnée de vins de Savoie.

Je devais avoir soif, car je me mis à boire les quelques gouttes que les invités laissaient au fond de leurs verres. Ce qui ne passa pas inaperçu des convives qui trouvèrent très amusant de laisser à ma portée quelques petites gouttes supplémentaires que je m'empressais d'avaler !

Je ne me souviens pas du voyage de retour dans la camionnette qui nous laissa tout près de la maison. Il fallut encore marcher cent mètres et ils furent laborieux : mon frère marchait devant, j'avais du mal à le suivre ; nous longions une vigne dont le feuillage touffu me sembla une invitation que je ne pouvais refuser et, sans préavis, je quittai le sentier pour m'allonger dans un sillon et je tombai dans un profond sommeil.

Il a fallu vingt-quatre heures pour me retrouver !

Les gendarmes, les pompiers et de nombreux voisins m'ont cherché en vain. Finalement, c'est mon frère qui, en refaisant le court chemin que nous avions parcouru la veille, remarqua une petite masse cachée sous les feuilles. On m'a emporté dans mon lit sans que je me rende compte de quoi que ce soit pendant vingt-quatre heures de plus ! Ce qui est curieux, c'est que, soixante-dix-huit ans plus tard, je me souviens avec plaisir de la délicate saveur de la roussette de Savoie et de son arrière-goût de fruits secs et de noix fraîches.

Depuis ce temps-là, j'ai bu, avec ce que les alcooliques appellent « modération », jusqu'aux années soixante. Deux ans après être arrivé en Angleterre, j'ai obtenu une promotion, méritée ou non, mais indéniablement pleine de bonnes surprises. On m'a nommé directeur commercial dans la société dans laquelle je travaillais, et, cerise sur le gâteau, je fus aussi coopté au conseil d'administration ; je suis devenu un administrateur de l'entreprise. Deux de mes collègues avaient, comme moi, cette haute distinction : le directeur général et le directeur financier. Tous deux m'ont entraîné, facilement je dois dire, dans leurs excès.

Le programme était assez simple : onze heures du matin, réunion dans le bureau du directeur financier où nous commencions la réunion avec quelques verres de xérès d'excellente qualité ; midi, retour dans la salle des marchés que je supervisais et... abstinence totale obligatoire jusqu'à treize heures trente, heure de fermeture du London Metal Exchange. La société s'occupait du négoce de métaux non ferreux : aluminium, cuivre, étain, plomb, zinc, sans dénigrer ce que nous appelions les *minor metals* comme le cadmium, le nickel, le magnésium, le mercure...

Treize heures trente pétantes, nous partions déjeuner dans l'un des meilleurs restaurants de la City. Apéritifs, bien sûr : whisky pour les uns, gin tonic pour les autres, ou parfois kir royal en cas de maux de tête à la suite des excès de la veille. Mais attention ! jamais plus de trois par personne ! Vin blanc ou vin rouge ensuite, nous n'étions pas des barbares pour boire de l'eau ! Pas de dessert pour éviter le risque de surpoids, et l'affaire se terminait avec un peu de cognac, hors d'âge, bien sûr. Généralement trois par personne pour avoir le temps de commenter en toute sérénité les affaires du jour.

Réglés comme des montres suisses, nous étions de retour au bureau à trois heures et demie, car le travail de l'après-midi nous attendait. J'exerçais mes talents de négoce jusqu'à dix-sept heures, heure à laquelle les trois *directors* se réunissaient à nouveau pour déguster du whisky. Rarement plus de deux parce que, à dix-sept heures trente pile, nous nous précipitions vers nos voitures pour regagner nos résidences respectives. Je me souviens qu'à l'époque je conduisais avec la plus grande prudence, respectant toutes les règles de circulation, surtout celles de limitation de vitesse.

J'arrivais à la maison en pleine forme, prêt à passer la soirée avec Jacqueline et les enfants. Elle, qui avait quitté son pub favori en fin de matinée, nous servait un apéritif avant d'aller coucher les enfants : deux whiskies chacun. Une fois les enfants couchés, nous redescendions dîner en partageant une bouteille de vin.

Mais le Mexique manquait trop à Jacqueline aussi j'ai demandé ma mutation.

4.

Où il est nécessaire d'expliquer pourquoi, le jour où j'ai recouvré le bon sens qui me caractérise, je n'ai pas accompagné Jacqueline dans la dégustation du tempranillo.

La raison est simple. Il y a environ six ans, je fus affligé d'une diarrhée galopante. Le corps médical fut à la hauteur puisque ça a duré un peu plus de deux ans. Il va sans dire que, pendant cette parenthèse dysfonctionnelle, l'ingestion de la moindre boisson alcoolisée augmentait mes évacuations, pour ne pas dire défécations, si bien que j'ai cessé de boire. Totalement.

Ce laps de temps a été suffisant pour que mon corps, finalement guéri, n'éprouve plus la compulsion antérieure qui me poussait à boire. J'avais décroché !

Aujourd'hui, je ne bois jamais à la maison et, si d'aventure se présente une invitation ou un déjeuner au restaurant, je me limite à la consommation de deux, rarement trois, verres de vin.

Mon petit pot de crème terminé, j'ai regardé Jacqueline finir son tempranillo avec des yeux probablement altérés par l'amour :

— C'est quoi cette tronche de cake ?

— Rien, ai-je inventé pour chasser les soupçons, juste que j'ai bien aimé mon petit pot de crème. Qu'est-ce que tu veux faire maintenant ?

— Qu'est-ce que je fais depuis des années après le déjeuner ?

— Une petite sieste, évidemment, mais je pensais qu'aujourd'hui tu aurais envie de changer.

— Pourquoi particulièrement aujourd'hui ?

Encore une question à éviter ! Il fallait que je fasse attention : j'étais le seul à savoir que je sortais de deux ans et quelques de désordres mentaux, pour ne pas dire de folie ; personne d'autre n'était au courant, il fallait que ça continue.

— Je ne sais pas pourquoi j'ai dit ça, ai-je répondu. On y va ?

— Où ça ?

— Faire la sieste !

— Oh ! Lâche-moi un peu ! J'irai quand je voudrai et, de toute façon, rappelle-toi que tu n'es pas invité dans le lit quand je fais la sieste et ce n'est pas maintenant que cela va commencer.

Allusion directe à mes inévitables ronflements quand je dors couché sur le dos. La nuit, ce n'est pas grave parce que je dors sur le côté et l'air circule mieux de mon nez à mes bronches, mais, pendant la sieste, je ne peux pas dormir sur le côté parce que ça me décoiffe terriblement.

Alors j'ai attendu que ma femme fraîchement retrouvée se lève puisque, étant né avant la guerre, on m'a appris à ne pas quitter la table avant la maîtresse de maison.

Jacqueline n'a pas tardé à se lever pour aller dans notre chambre. Comme d'habitude, je suis allé dans le bureau et me suis installé devant l'ordinateur pour commencer un sudoku. J'ai dû être frappé d'une fatigue maligne ou d'une somnolence bénéfique provoquée par le bonheur béat qui m'entourait depuis le réveil car, je ne sais combien de temps plus tard, j'ai senti la main de Jacqueline sur ma nuque. J'avais la tête dans mes bras croisés sur le bureau et je m'étais profondément endormi.

— Il faisait un bon dodo, le bébé, dit-elle.

J'ai pris sa main qui me caressait la nuque pour l'embrasser. Ceux qui n'ont pas connu le veuvage ne peuvent pas imaginer à quel point ce petit geste est merveilleux.

— Dis donc, a-t-elle ajouté, tu vas continuer à t'entourer de mes photos qui ressemblent de plus en plus à des chiffons ?

Elle parlait des photos dont j'avais couvert le bureau deux années auparavant et qui, avec le temps, étaient tachées, froissées, racornies, déchirées même. Elles n'avaient maintenant plus aucune raison de rester là.

— Tu as tout à fait raison, lui ai-je répondu d'un ton insouciant, en plus, je crois bien que j'ai trouvé où les faire encadrer.

— J'ai épousé Speedy Gonzales, combien de temps tu les as eues sous ton nez, un an ? deux ?

— Juste le temps nécessaire.

Sa remarque me confirmait qu'elle ne s'était pas rendu compte de mon épisode de psychose ; il ne me restait plus qu'à vérifier la réaction des autres. J'ai ramassé toutes les photos et les ai jetées à la corbeille.

— Je n'en ai plus besoin, ai-je dit à Jacqueline, je les ai dans le portable. (J'ai enchaîné pour changer de sujet.) Et ta sieste ? Comment s'est passée ta sieste ?

— Délicieuse, sans doute moins profonde que la tienne. Tu ne voulais pas te réveiller. Et je te signale que le compteur de ton sudoku continue à tourner.

J'ai regardé mon ordi ; en effet, la partie affichait cinquante-trois minutes.

— Le pire score de ma vie !

Je n'en avais rien à foutre : aujourd'hui, c'était le meilleur jour de ladite vie.

Je me suis levé et j'ai pris Jacqueline dans mes bras pendant une éternité. Elle m'a regardé en souriant. Généralement... c'était elle qui commençait les embrassades.

— Tu veux pas qu'on aille dîner dehors ? lui ai-je proposé.

— Dîner dehors ? Tu es complètement fou, c'est pas un truc de petits vieux.

— Oui, mais j'ai pensé que ça pourrait nous rappeler le bon vieux temps. Tu te rappelles la dernière fois ?

Elle a réfléchi un moment.

— C'était pour un anniversaire de mariage, je ne sais plus quand. On était avec Sandrine et Nick. On est allés à ce restaurant qu'on aimait tant, dans les Lomas. Je crois que le patron est basque.

La présence de notre fille, notre petite dernière, à notre anniversaire s'explique par le fait que Sandrine est née le jour même où nous fêtions nos six ans de mariage, il nous arrive donc de célébrer ensemble ce double événement. J'ai essayé de me souvenir du nom de ce restaurant qui, à l'époque, était le meilleur de Mexico. Mais je sens de nouveau le poids des années et ma mémoire semble bloquée. Il y avait deux salles : la nouvelle et l'ancienne. On préférait l'ancienne. Une question de génération.

Parlant de génération, je ne sais pas trop comment je vais aborder avec mes enfants la résurrection de Jacqueline. Pendant tout le temps où j'ai perdu la tête, ils ont été plus que très gentils. Ceux qui ne vivent pas ici m'appelaient tous les jours, et Jérôme, mon voisin, m'invitait souvent à déjeuner. J'hésite : faire comme si de rien n'était ou, au contraire, aborder le sujet...

Pendant que je ruminais la question, le téléphone a sonné : c'était Sandrine, elle m'appelle toujours à la même heure. Nous avons bavardé de choses et d'autres pendant un moment et, à la fin, je lui ai demandé si elle voulait parler à sa mère.

— Qu'est-ce que tu dis ? a-t-elle demandé et, en même temps, je voyais Jacqueline qui faisait non de la main.

— Rien, je disais juste qu'on se rappellera demain.

— Tu te sens bien, papa ? On s'appelle pas tous les jours ?

Je n'allais pas lui dire que, maintenant, la vie avait changé et je l'ai embrassée très fort avant de raccrocher.

— Pourquoi tu ne voulais pas lui parler ? j'ai demandé à Jacqueline.

— Je fais une réussite et je me chronomètre, comme toi avec tes sudokus. Je crois que celle-là va être très bonne.

Quelques minutes ont passé et les chiens se sont mis à aboyer pour souhaiter la bienvenue à Jérôme. Il nous a dit bonjour et m'a demandé si tout allait bien.

— Comme tu peux voir, ai-je répondu avec un geste de la main qui englobait tout le bureau.

— Sandrine vient de m'appeler et ça m'a donné l'idée de passer.

Depuis le début de ma folie, mes enfants sont très affectueux avec moi et j'espère que ça va continuer.

— Moi aussi, je lui ai parlé il y a à peine un quart d'heure, elle avait l'air en forme. Tu veux boire quelque chose ?

Il a répondu par l'affirmative et nous nous

sommes dirigés vers le petit salon. Jacqueline était toujours plongée dans sa réussite.

Jérôme a été le premier de mes trois enfants à réduire la picole. Dans ce domaine, nos enfants sont le portrait craché de leurs parents. Ils buvaient comme des bêtes, si tant est que la biture animalière ne soit pas un mythe. Jérôme y allait moins fort que les autres... vu sa profession ! Il doit cesser de boire vingt-quatre heures avant les vols et, bien sûr, abstention totale, pendant. Et puis, un beau jour, il a décrété que l'alcool affectait son bien-être. Alors, maintenant, il ne boit que quelques verres de vin de temps en temps.

Stéphane, le frère aîné, a aussi mis ce vice au ralenti il y a deux ou trois mois et, avec Lucía, sa compagne, ils ont décidé de ne boire que le week-end, sauf le dimanche soir parce qu'ils travaillent tous les deux le lendemain. Conséquence de cette révolution : je ne vous conseille pas de les appeler le vendredi ou le samedi après vingt heures, car vous les trouveriez totalement torchés.

Pour ce qui est de Sandrine, la petite, cinquante-trois ans en octobre dernier : elle avait développé une forte attirance pour l'alcool parce qu'elle adore tout ce qui est anglais ; elle a longtemps vécu à Londres. La p'tiote a le vin heureux, pour ne pas dire euphorique et il ne nous est jamais venu à la tête, ni à Jacqueline ni à moi, de nous mêler de ses abus. C'est d'elle-même qu'elle a réduit la consommation à presque rien... sauf les jours de grande murge.

Je m'éloigne à nouveau du sujet... Ça m'a donné l'idée de m'en servir un. Je lui ai prouvé que tout allait bien en avalant une bonne lampée de mon verre, tellement bonne qu'elle a justifié que je m'en serve un autre, en remplissant le sien au passage.

Nous avons bavardé des heures, au point d'ouvrir une nouvelle bouteille. Jacqueline n'a fait qu'une brève apparition pour annoncer qu'elle allait se coucher. Finalement, Jérôme est parti vers minuit mais, auparavant, nous avons liquidé une bouteille de Glenmorangie. Jérôme et moi aimons beaucoup les single malts.

Après son départ, j'ai éteint toutes les lumières. Je me suis déshabillé en silence dans mon dressing ; à la suite d'un mouvement maladroit, je me suis vautré sur la moquette ; c'était confort, j'y suis resté un bon moment, mais je me suis souvenu que mon épouse adorée m'attendait dans notre lit. Je me suis levé péniblement. Notre chambre m'a semblé très loin.

Finalement, je me suis glissé entre les draps ; j'ai cherché de la main le corps de Jacqueline. Elle n'était pas là !

Illico, j'ai allumé ma lampe de chevet. À sa place, une de nos chiennes, Poupoune, dormait sur son oreiller. J'ai regardé ma montre : deux heures et demie encore une fois. J'ai imaginé le pire et me suis précipité vers son dressing, pensant qu'elle aussi avait pu tomber. Personne. Dans le bureau, toujours rien. Le salon et la salle à manger, vides aussi. J'ai allumé dans la cuisine, elle était là, tranquille, installée à la table du petit déjeuner dans l'obscurité la plus totale, une tartine de miel à la main et, devant elle, une tasse de thé.

— Mais qu'est-ce que tu fais là ? (Je criais presque.)

— Tu vois bien, mon chéri, je prends mon petit déjeuner.

J'ai joué le calme olympien, je ne voulais pas l'effrayer.

— Tu as remarqué qu'il est deux heures et demie du matin ?

— Je n'ai pas regardé l'heure. Tu veux prendre une tasse de thé avec moi ? Je te prépare une tartine ?

— Non, merci, je n'ai ni faim ni soif.

Elle a tourné son regard vers les verres et les trois bouteilles vides qui jonchaient la table basse.

— J'imagine que tu n'as pas soif, a-t-elle dit en

souriant, mais ça ne te ferait pas de mal de manger quelque chose, on n'a rien dîné.

— Je n'ai pas faim, la seule chose qui me tente, c'est de retourner au lit. Et tu devrais en faire autant.

— Vas-y, je finis et je te rejoins.

J'étais préoccupé. Quelle idée de prendre son petit déjeuner dans le noir, à deux heures du matin ! Mais elle avait l'air paisible et je suis retourné dans notre chambre.

Je ne me souviens de rien jusqu'au moment du réveil. Dix heures et demie, elle n'était plus dans le lit. Les chiens non plus, si bien que j'ai pensé qu'elle était partie les promener.

J'ai commencé ma « toilette intime », comme l'écrivait Juan José Arreola, un écrivain mexicain que j'ai connu. Il s'était lié d'amitié avec Jorge Luis Borges et il racontait qu'il avait un jour déclaré à l'Argentin : « Nous avons peu lu, mais le peu que nous avons lu, nous l'avons beaucoup lu. »

Pour moi, c'est le contraire : j'ai beaucoup lu, mais tout ce que j'ai lu, je l'ai peu lu.

5.

J'ai comme l'impression que je pense quand je suis sous la douche. Pas des pensées profondes, mais des pensées nombreuses qui opèrent un graissage-vidange sur mon cerveau, du moins sur ma mémoire. Et ce matin, je n'arrête pas de penser à quel point j'ai été malheureux à partir du moment où j'ai inventé l'histoire de la mort de Jacqueline. Non seulement elle me manquait, mais ma vie n'avait plus de sens. Rien ne m'intéressait, je n'avais aucun projet. Chaque jour, je me demandais ce qu'il me restait à faire pour justifier mon existence : vendre l'appartement de Denver, donner à Stéphane la signature de mon compte américain, aider Sandrine à trouver une nouvelle maison car elle a perdu l'homme de sa vie... La liste était brève. J'imaginais aussi comment je chouchouterais Jacqueline si elle revenait dans ce monde, comment je la protégerais, la défendrais, lui rendrais la vie aussi agréable que possible. Mais comme je ne crois en rien de mystique, de divin ou de surnaturel, mes fabulations n'allaient pas loin.

Maintenant, les choses ont changé. Jacqueline est là, bien vivante, à côté de moi, et je veux qu'elle se sente heureuse, plus heureuse que jamais. Je dois m'occuper d'elle, l'emmener dans des endroits qu'elle aime. Bref, lui rendre la vie la plus agréable qui soit.

Aujourd'hui, par exemple, on pourrait aller au centre commercial de Metepec pour qu'elle achète tout ce qu'elle veut chez Zara, ou dans un autre magasin. Je suis prêt à dépenser à tort et à travers pour elle ; je dois toutefois rester prudent, il ne faudrait pas qu'elle comprenne que j'ai eu un moment d'égarement...

En sortant de la douche, je vois les chiens qui arrivent en courant. Quelques secondes après, Jacqueline apparaît, ce qui me donne une idée.

— Ma chérie, je vais à Costco acheter du pinard. Ça te dit de venir avec moi ?

— Bien sûr ! Et, si ça ne te fait rien, j'aimerais faire un petit tour au centre commercial ; il y a des mois que je ne suis pas allée chez Zara.

— Ça roule, on peut même déjeuner là-bas, si tu veux.

— Bon, je vais prévenir Rocio qu'on ne mange pas ici.

Une heure plus tard, habillé et coiffé, je dis à Jacqueline de m'attendre dans la voiture, le temps de passer par la cave afin de vérifier quels vins je dois acheter. Je croise Rocio.

— Qu'est-ce que je prépare pour le déjeuner, Monsieur ?

J'entre dans la cave et, tout en inspectant les bouteilles, je réponds :

— Madame ne vous a pas dit que nous déjeunions à Toluca ?

Décidément ! elle n'écoute jamais Jacqueline !

Eh ben ! Il était temps d'aller à Costco, nous n'avons presque plus de vin. Je mémorise une liste et je cours à la voiture.

Sur la route de Toluca, je modère la vitesse. Quand je suis seul, je roule vite. Mais là, avec Jacqueline qui vient de revenir et qui n'aime pas la vitesse, je ne dépasse pas le cent-quarante. Elle apprécie ma modération et me dit en riant :

— Tu es allé à la messe hier pour conduire comme un bon chrétien ?

— Non, je suis juste avec ma petite femme adorée et je fais ce qui lui plaît.

Du coup, elle pose sa main sur la mienne, sur le volant. Je suis l'homme le plus heureux du monde.

À Costco, je trouve presque tout ce que je voulais, c'est-à-dire des vins espagnols à des prix raisonnables quand on les achète par caisse. Je prends aussi quelques alcools qui manquent et j'attrape au passage deux boîtes de marrons glacés en prévision de Noël.

De là, direction le centre commercial de Metepec. Jacqueline fonce droit sur Zara. Pendant qu'elle commence à trifouiller, je jette un coup d'œil au rayon hommes. Je reviens chez les femmes avec un petit paquet et Jacqueline me rejoint avec plein de sacs.

— Tiens, dit-elle en me les passant. Va donc payer pendant que je continue à chercher, mais je crois que je n'achèterai plus rien.

La queue n'est pas démesurée, on prend donc assez vite ma carte American Express Centurion. Jacqueline a fini et nous nous dirigeons vers la voiture pour y laisser les sacs.

— On va chez l'Argentin ? me demande-t-elle. On se rejoint là-bas. J'ai besoin d'un truc à la pharmacie.

Je pourrais insister pour l'accompagner, mais je me souviens que je suis un mari modèle et obéissant, si bien que j'obtempère.

Le Galpón Argentino n'est pas un restaurant exceptionnel, mais nous avons déjà essayé tous les autres du centre commercial et c'est le moins pire. En entrant au Galpón, je suis reçu par celui que j'appelle mon voisin parce qu'il est de Valle de Bravo.

— Un bon moment que Monsieur ne nous a pas fait l'honneur. Vous venez avec votre épouse ?

— Elle arrive. Vous avez une table pour deux ?

Il m'en montre une au moment précis où Jacqueline entre. Je ne sais pas s'il la voit ou pas, mais il repart vers la cuisine sans lui dire bonjour. J'appelle un autre serveur à qui nous commandons un Centenario Plata pour Jacqueline et, pour moi, mon habituelle citronnade à l'eau plate et sans glace. Là-dessus, mon voisin revient et me donne le menu en disant :

— Je vous le laisse en attendant.

En attendant quoi ? Mais il a disparu sans me laisser le loisir de le lui demander.

— Il aurait pu nous laisser deux menus, dis-je à Jacqueline, et il ne t'a même pas dit bonjour.

— Ne t'inquiète pas, ici je commande toujours la même chose, je n'ai pas besoin de la carte.

Le repas se poursuit sans autre incident. C'est le meilleur que j'aie fait depuis bien longtemps. Je regarde Jacqueline et je n'arrive toujours pas à y croire. Je pense à tous ces vieux couples pour qui vivre ensemble est un devoir et je voudrais pouvoir leur dire qu'ils ont de la chance. Finalement, je suis verni ; être passé par cet épisode de folie me permet maintenant d'apprécier mon bonheur. Mais je ne peux quand même pas souhaiter à tous les vieux couples que l'un des deux perde la boule !

À ce propos : la nuit dernière, j'ai compté pendant combien de jours j'avais pété les plombs. C'est peut-être ça qui m'a endormi, mais juste avant de tomber dans les bras de Morphée, j'en ai compté sept-cent-cinquante, pas un de plus, pas un de moins. Un chiffre facile à mémoriser. Et pas une heure de plus : de deux heures et demie du matin à deux heures et demie du matin.

Je règle l'addition et nous nous apprêtons à sortir quand mon « voisin » revient nous dire au revoir. Il ne s'adresse qu'à moi, mais cela ne dérange pas Jacqueline qui se dirige droit vers la voiture, sans regarder en arrière. Elle a toujours eu bon caractère et se fout de ce que les autres pensent d'elle.

Durant les quatre-vingts kilomètres qui nous ramènent à Valle, je flotte toujours dans un état de bonheur divin. Comme à l'aller, je ne dépasse pas une seule fois le cent-quarante. Avec Jacqueline à mes côtés, le voyage me paraît quand même bien court. Arrivés à la maison, elle disparaît avec les chiens. Moi, mari exemplaire, je prends les sacs Zara pour aller en pendre le contenu dans son dressing.

Nous n'avons plus l'habitude de dîner : Jacqueline grignote une pomme, et moi une banane accompagnée d'un petit pot de crème en regardant une connerie à la télé. On pourrait presque croire que nous allons arriver au passage érotique convenu qui fait rarement défaut dans un bon roman de gare.

Je ferai trois remarques à ce propos :

Première remarque : le présent ouvrage n'est pas un roman. Il s'agit, ni plus ni moins, d'une tranche d'autobiographie.

Deuxième remarque : je concède que même les biographies peuvent contenir des morceaux olé-olé, mais je rappelle que le personnage féminin principal de mon livre est mon épouse. Or, de la même façon que je ne demanderais à personne comment il fait l'amour avec sa femme, il ne me viendrait pas à l'idée de raconter mes ébats avec Jacqueline.

Troisième remarque : j'ai déjà expliqué précédemment que j'ai maintenant plus de quatre-vingts ans et la dysfonction érectile ne fait qu'empirer avec l'âge.

Bref. Nous sommes allés nous coucher et sommes tombés dans un profond sommeil, sans la moindre pensée érotique.

6.

Me voilà de nouveau à penser sous la douche. Je me demande tout simplement ce que je vais inventer aujourd'hui pour distraire et enchanter Jacqueline. Une promenade sur le lac est exclue, car elle n'a pas le pied marin.

Quand j'avais mon yacht aux environs de New York, elle n'est presque jamais sortie avec moi. Je naviguais avec mes collègues de travail et, une fois, j'ai fait une petite sortie de huit jours avec mon ami Marc, venu exprès de France pour m'accompagner. Nous sommes allés jusqu'au sud de Cape Cod, à Martha's Vineyard et à Nantucket.

Malheureusement, nous ne sommes tombés sur aucun des Kennedy. Mais, même sans les voir, on a passé des bons moments.

Puisqu'un tour sur le lac est exclu, on pourrait envisager une promenade dans les bois. Seulement, moi, ça me les casse menu de marcher, et surtout en montée. Tout ce qui monte finit par redescendre, mais quand même... Une autre possibilité serait d'aller déjeuner au Rodavento, un resto avec une magnifique terrasse au bord du petit lac.

D'un seul coup, j'ai l'idée du siècle : Ixtapan de la Sal ! Jacqueline adore cet endroit où elle allait toute petite avec son père, et il y a un bout de temps que nous n'y sommes pas allés. La dernière fois, c'était juste avant mon pète au casque. J'espère ne pas divaguer de nouveau ce coup-ci. Généralement, nous descendons au Sheraton, mais là il y a un nouveau problème : je ne suis pas certain d'avoir assez d'argent. La chambre doit coûter dans les cinq dollars la nuit ; avec la bouffe et quelques verres, j'en aurai pour dix dollars par jour. Si on y reste une quinzaine de jours, plus l'essence, ça nous fait dans les trois-mille-cinq-cents pesos. Où vais-je trouver tout ce fric ? Jérôme ! c'est le premier nom qui me vient à l'esprit. Je sors de la douche, me sèche et attrape mon téléphone en espérant qu'il ne soit pas sur un vol. Heureusement, il répond très vite.

— Salut, mon fils, je t'appelle pour une affaire un peu délicate.

— Vas-y, papa !

— Je voudrais emmener ta mère passer une ou deux semaines à Ixtapan de la Sal, mais je n'ai pas le pognon. Tu peux me prêter trois-mille-cinq-cents pesos ?

Il ne répond rien. On entend des bruits comme s'il était en voiture et, d'un seul coup, la communication se coupe. Je m'habille et vais prendre mon petit déjeuner, il est presque midi et je suis à jeun. Jacqueline et les chiens ne sont pas là. Comme tous les jours, Rocío me demande ce qu'elle doit préparer pour déjeuner et je lui réponds :

— Du *salpicón*, nous aimons bien ça tous les deux.

Comme hier, elle pose sur moi un regard vide. Je crois qu'elle ne m'a pas entendu. Je répète un peu plus fort :

— Du *salpicón* !

Et je vais m'asseoir à la table du petit déjeuner.

J'ai à peine terminé mes fruits que Gillian, ma belle-fille, arrive.

— À quoi dois-je ce plaisir ? dis-je en anglais,

car avec elle nous utilisons ce langage qui, après tout, est devenu international.

— Rien de spécial. Jérôme vient de m'appeler depuis sa voiture et je passais voir si tout allait bien.

— Oui, moi aussi, je viens de l'avoir, mais on a été coupés. Probablement une histoire d'Internet. Il est où, le petit ?

— Sur la route, pas très loin de Valle.

— Parfait ! Parce que je lui ai demandé quelque chose et il n'a pas eu le temps de me répondre.

— Ah ! je lui ai parlé un bon moment. Tout va bien ici ? demande-t-elle à nouveau.

— Bien, même très bien. Tu veux un thé ou un café ?

— Non, merci, je passais juste prendre des nouvelles.

Je me lève, comme ma grand-mère me l'a appris et lui réponds :

— Pour moi, ça fait bien longtemps que les nouvelles n'ont pas été aussi bonnes.

Elle se retourne et me regarde comme si j'avais proféré une énormité. Je réalise à nouveau que je dois veiller à ce que je dis. Même si durant les sept-cent-cinquante jours où j'ai été fou, personne n'a rien vu.

Jacqueline et Gillian ont dû se croiser à l'entrée, car la meute de chiens se précipite dans la salle du petit déjeuner, suivie de sa maîtresse, élégante comme toujours. Elle vient m'embrasser, mais je continue à manger sans rien dire parce qu'il est trop tôt pour parler d'Ixtapan. Que se passerait-il si Jérôme ne pouvait pas me prêter l'argent ? Je préfère penser à autre chose. Je finis mon café et sors sur la terrasse où Jacqueline a suivi les chiens. Elle est seule et regarde le lac. Je m'approche et lui prends la main.

— Quelle belle vue !

— Oui, nous avons beaucoup de chance, répond-elle.

Je pense à mes deux ans de folie et ça m'échappe :

— Surtout moi.

— Pourquoi toi et pas moi ? Nous vivons ensemble.

J'essaie de réparer ma gaffe :

— Je dis ça parce que tu es née dans ce beau pays et que c'est grâce à toi que nous sommes ici !

— Tu sais bien que j'aurais préféré qu'on reste dans le Connecticut.

C'était dit avec un petit sourire, mais quand j'ai pris ma retraite, elle ne voulait pas quitter les États-Unis et j'ai dû insister pour la convaincre. Je ne voulais plus vivre dans ce pays où, en douze ans, je m'étais fait aucun ami.

Il me faut vite changer de sujet, heureusement les chiens se mettent à aboyer.

— Nous avons de la visite, dis-je.

Je rentre dans la maison, c'est Jérôme. Il est assis dans le fauteuil de sa mère.

— Tu as eu le temps de réfléchir à ma demande ?

Il me regarde, consterné.

— Tu étais sérieux quand tu m'as demandé de te prêter trois-mille-cinq-cents pesos ?

— Oui, j'ai calculé que c'est ce que vont coûter ces vacances et je ne sais pas d'où sortir le blé.

— Papa, me dit-il d'un ton accablé, comme s'il parlait à un débile. D'abord, quinze jours à Ixtapan vont te coûter bien plus que trois-mille-cinq-cents pesos. Puis je me permets de te rappeler que tu as environ huit-cent-mille dollars qui dorment sur ton compte à New York.

J'essaie d'encaisser la nouvelle, mais ça ne passe pas.

— C'est quoi, cette histoire de compte à New York ?

Il fronce les sourcils, se lève et vient vers moi.

— Laisse-moi m'asseoir ici, dit-il en montrant mon fauteuil.

Je lui laisse la place et il prend mon ordinateur. Il tape un ou deux trucs et attend. Je regarde par-dessus son épaule et je vois apparaître un écran qui dit « *Hello Jean* » et montre un chiffre proche de huit-cent-mille.

— Putain, c'est pas vrai ? C'est à moi tout ça ? Comment t'es au courant ?

De nouveau, les sourcils qui froncent et, en plus, les yeux qui roulent et qui font des éclairs.

— Papa ! hurle-t-il. Tu te souviens que je suis ton exécuteur testamentaire ? Tu m'as donné tous les détails de tous tes comptes et tous tes mots de passe !

— Ouais, ouais..., dis-je.

Je ne me souviens de rien du tout.

— Et comment t'as fait pour entrer dans mon prétendu compte ?

Il reste un moment la tête basse, puis la relève et me regarde avec des yeux plus doux.

— Regarde, ici, sur l'écran, tu as une petite image de la banque américaine. Tu cliques dessus et l'application s'ouvre. Elle te demande ton mot de passe. Tu le donnes et te voilà dans ton compte. Tu vois : sept-cent-quatre-vingt et quelque mille dollars.

— Pigé. Avec tout ce fric, pas besoin de réserver au Sheraton d'Ixtapan de la Sal, je peux tout simplement acheter l'hôtel.

— Je m'en vais, dit-il, exaspéré.

Mais je ne m'en fais pas, Jérôme est comme ça. Il a ses sautes d'humeur et il ne faut pas le prendre personnellement.

— On t'attend pour déjeuner samedi, ajoute-t-il.

— Merci !

À peine Jérôme parti, je fonce sur mon ordinateur pour essayer de trouver qui sont les propriétaires de la chaîne Sheraton. Google m'informe que les propriétaires sont Sheraton Hotels and Resorts, rachetés d'abord par Starwoods Hotels and Resorts Worldwide puis, en 2016, par Marriott International qui, comme chacun sait, est une autre chaîne hôtelière. La seule chose qu'on ne me dit pas, c'est à laquelle de ces entreprises je dois m'adresser pour acheter l'hôtel d'Ixtapan de la Sal. Suivant la devise de toute ma vie, qui consiste à toujours viser au plus haut, je frappe Marriott.com. Ça me sort toute une série de photos, dont une de Bill Marriott qui ressemble comme deux gouttes d'eau à Rod Laver, mais je vous parie que, malgré tous les hôtels dudit Bill, Rod lui mettrait une branlée au tennis. Il y a des tas de photos et je les regarde longuement, espérant trouver un numéro de téléphone ou un nom. Je tombe finalement sur un dénommé *Investor Contact Relations*. L'*investor,* c'est moi. Je compose le numéro et demande à la téléphoniste de me passer la personne en charge de la vente d'hôtels.

Elle me dit qu'elle ne sait pas qui c'est, mais qu'elle va se renseigner. Elle me demande aussi mon nom et d'où j'appelle. J'épelle mes nom et prénom en ajoutant que j'appelle de Valle de Bravo, qu'il faut aussi que j'épelle. Pendant que j'attends, Jacqueline vient s'asseoir à son bureau, ce qui me complique les choses parce que je ne veux pas qu'elle sache le motif de mon appel. Heureusement, l'attente est très longue. Finalement, j'entends une voix qui me donne un nom incompréhensible, secrétaire d'un autre nom que je ne comprends pas non plus. Elle me demande ce qu'elle peut faire pour moi et je murmure, les dents serrées, que j'appelle pour acheter l'hôtel d'Ixtapan de la Sal. Elle n'entend évidemment rien et me demande de parler un peu plus fort. Heureusement, Jacqueline se lève de son fauteuil à cet instant précis et part en direction du salon. Je répète à la secrétaire que je souhaite acheter l'hôtel d'Ixtapan de la Sal et, sans même réfléchir, elle me dit qu'il n'est pas en vente. Son attitude me déplaît et je la somme de me passer un superviseur.

— Nous n'avons pas de superviseurs, monsieur, me dit-elle d'un ton sec, donnez-moi votre nom et celui de votre société, je verrai si mon supérieur peut prendre votre appel.

Rebelote pour épeler nom et prénom, et j'ajoute que je suis un particulier. Moins d'une minute plus tard, j'entends une voix masculine :

— Waterford, dit-il, et là je comprends le nom.

— Très heureux, je vous appelle pour acheter le Sheraton d'Ixtapan de la Sal.

— Je crois que ma secrétaire vous a indiqué qu'il n'est pas en vente.

— Oui, en effet, mais je crois que c'est un peu trop simple.

— Pardon ?

— En y mettant le prix, tout est à vendre.

Il marque une pause et me demande :

— Quel chiffre avez-vous en tête ?

Je ne veux pas lui offrir d'emblée tout ce que j'ai chez les Ricains.

— Je pensais à quatre-cent-mille dollars.

— Écoutez, monsieur, on ne me paie pas pour écouter des divagations.

Et il raccroche sans même dire au revoir.

Divagations ? Si ça se trouve, l'hôtel vaut à peine une fraction de ce que je lui ai offert. J'ai envie de le rappeler pour l'assurer que je suis sérieux, mais je décide qu'attendre un peu est une meilleure stratégie. Je l'appellerai dans trois ou quatre jours en offrant trois-cent-mille et, si ça se trouve, il acceptera tout de suite pour ne pas perdre à nouveau cette occasion extraordinaire. J'ajoute à mes contacts Waterford/Ixtapan et son numéro. Là où ça coince, c'est que je n'ai plus rien de spécial à offrir à ma Jacqueline. Je repense au Rodavento quand mon portable sonne.

— Mister Lacor ?

— Yes.

— Je vous passe M. Waterford.

Putain ! Ça marche ! Mais comment ont-ils eu mon numéro ? Je ne le leur ai pas donné. C'est peut-être leur centrale qui l'a enregistré... La technologie moderne n'a plus de limites !

— Mr. Lacor, me dit en anglais la voix de tout à l'heure, je viens de parler de votre offre à l'un de mes supérieurs et nous nous demandons si elle est toujours ouverte.

— Vous avez donc réalisé qu'elle défie toute concurrence ?

— Disons qu'elle nous intéresse.

— Affaire conclue, alors. Vous avez tous les documents nécessaires pour officialiser notre accord ?

— Je vais vérifier, mais ça ne me prendra pas plus de vingt-quatre heures.

— En attendant, j'aimerais avoir votre

confirmation par écrit et, au passage, je vais vous demander que vous avisiez l'hôtel de l'arrivée de ma femme et moi-même, dès demain, pour une quinzaine de jours. Chambre tranquille avec vue sur la montagne.

— Ce sera fait, monsieur Lacor, je vous souhaite une bonne journée.

— Attendez, vous n'avez pas mon e-mail pour la confirmation !

Et je le lui épelle avant de raccrocher.

Tout plein d'enthousiasme, je cours chercher Jacqueline. Elle est dans le petit salon de télé et feuillette un livre d'art dont on m'a fait cadeau pour mes soixante-dix ans.

Oui, ça va faire douze ans, mais nous sommes très soigneux avec nos livres.

– J'ai des bonnes nouvelles et des très bonnes, lui dis-je. Lesquelles tu préfères d'abord ?

Elle ferme le livre et répond :

— Les bonnes d'abord.

— Eh bien, figure-toi que nous allons passer quinze jours à Ixtapan de la Sal.

— Ça, c'est une bonne nouvelle, dit-elle, le visage illuminé. Et les très bonnes ?

— On part demain.

Elle se lève et vient me couvrir de baisers.

— J'ai le meilleur mari du monde !

— C'est pas un scoop !

Nous consacrons le reste de la journée aux préparatifs du voyage. Je fais d'abord le plein d'essence et, en rentrant à la maison, je m'installe à mon ordi pour chercher l'icône de la banque que Jérôme m'a montré hier. J'en profite pour voir si je n'ai pas un autre compte bancaire ou, encore mieux, une de ces cartes qui te permettent de payer tout ce que tu veux sans même avoir l'argent. Je clique sur l'icône, et là, ça se complique : plein de trucs apparaissent sur l'écran. Je lis ça attentivement, sans mégoter sur le temps. En haut à gauche, ça dit « votre carte ». Exactement ce que je cherchais ! Je clique dessus et vois que j'ai un solde impayé de dix-neuf-mille pesos, mais un crédit disponible de cinquante et des poussières. Je pourrai donc payer sans moufter les extras qui se présenteront à Ixtapan.

Le soir, une fois couchés, Jacqueline se penche pour m'embrasser et me dit :

— Tu ne peux pas savoir le plaisir que ça me fait d'aller à Ixtapan.

— Pourquoi crois-tu que j'ai acheté l'hôtel ?

— Réservé, pas acheté, corrige-t-elle.

Je me sens alors obligé de lui raconter toute l'histoire.

— Mais, qu'est-ce qu'on va faire d'un hôtel ? Et comment ça se gère, un hôtel ? Tu le sais, toi ?

— Ne t'inquiète pas, il y a des directeurs qui font ça très bien. Je pense que c'est un excellent investissement.

La discussion s'arrête là et, quelques minutes plus tard, nous nous sommes profondément endormis.

7.

Le voyage jusqu'à Ixtapan s'est passé super vite. En arrivant, nous constatons qu'il y a des travaux dans le jardin de l'hôtel. Quand nous sommes venus la dernière fois, il y a sept-cent-cinquante et quelques jours, une autre partie de l'hôtel était en réparation. Ça ne me déplaît pas, cela veut dire qu'ils entretiennent l'établissement. Maintenant que l'endroit m'appartient, le mot « établissement » me paraît mieux convenir.

Je donne mon nom à la réception et j'informe l'employée que je suis le nouveau propriétaire de l'hôtel.

— Enchantée, Monsieur, me dit-elle, en quoi puis-je vous servir ?

— Ah ! bonne question ! On a fait une réservation pour ma femme et moi. Chambre tranquille avec vue sur la montagne.

Elle me demande de répéter mon nom, ce qui m'énerve, et regarde l'écran de son ordinateur.

— Je regrette, me dit-elle au bout d'un moment, je ne trouve pas votre nom parmi nos réservations.

— Essayez Waterford, si ça se trouve il a réservé sous son nom. Nouvel examen de l'ordinateur et elle secoue la tête.

— Non, Monsieur, ce nom n'apparaît pas non plus.

— Impossible, dis-je en perdant patience, appelez le directeur.

— J'appelle de suite Mme Mercedes.

— Je vous ai dit le directeur ! Vous m'entendez mal ?

— Non, je vous ai bien entendu, Monsieur, mais ici nous avons une directrice : Mme Mercedes Tovar.

— Incroyable ! Je la connais très bien. Elle ne nous a jamais dit qu'elle travaillait ici.

— Si vous voulez bien vous asseoir, dit-elle en me montrant un canapé, je vais la chercher de suite.

Je prends Jacqueline par la main et nous allons nous asseoir sur ledit canapé.

— Tu crois que ça va durer longtemps ? me demande-t-elle.

— Ne t'inquiète pas, je vais arranger ça très vite.

L'employée revient rapidement, flanquée d'une petite grosse.

— Mme Mercedes Tovar, dit l'employée.

Je regarde à peine la petite grosse et lui dis :

— Vous n'êtes pas Mercedes Tovar, je connais très bien la Nena, ce n'est pas vous !

— Il est possible que quelqu'un d'autre ait le même nom, mais je m'appelle Mercedes Tovar, et elle me montre un badge qui lui pend autour du cou et porte bien ce nom.

— Je n'y comprends plus rien. De toute façon, nous ne sommes pas ici pour parler d'identités. M. Waterford doit vous avoir informé que je suis le nouveau directeur de l'hôtel et il a fait une réservation à mon nom pour deux semaines.

— Excusez-moi, monsieur...

— Waterford, de Marriott International.

— Ah ! C'est que d'habitude nous n'avons pas de lien avec Marriott International.

Je cherche dans mes contacts le numéro de Waterford et demande à la petite grosse :

— Vous parlez anglais pour appeler ce monsieur ?

— Je me débrouille, mais je préférerais que vous l'appeliez vous-même parce que vous savez mieux que moi de quoi il s'agit. Si vous voulez bien passer de ce côté...

Je fais le tour du comptoir et je compose le numéro de Marriott International, service *Investors Relations.*

— *Mr. Waterford, please.*

La standardiste me fait attendre un moment, puis elle me répond :

— Navrée, monsieur, nous n'avons personne sous ce nom.

— Je suis bien au Marriott International, service *Investors Relations* ?

— Oui, monsieur, mais nous n'avons aucun Mr. Waterford.

— Impossible, je lui ai parlé pas plus tard qu'avant-hier.

— Vous désirez quelque chose d'autre, monsieur ?

Je raccroche à la connasse et je dis à la petite grosse :

— Je ne suis pas complètement fou, j'ai parlé à ce monsieur il y a deux jours, et il m'a même rappelé après. Bon, eh bien tant pis, j'aurai sa confirmation par e-mail demain. Pour l'instant, le plus important est que vous nous emmeniez à notre chambre. Tranquille et avec vue sur la montagne.

— Vous n'avez pas de réservation, n'est-ce pas ?

Elle doit lire quelque chose dans mon regard parce qu'elle n'attend pas ma réponse et se met à examiner un autre ordinateur.

— Tout va bien, monsieur, aucun problème pour votre chambre. Je vais vous demander une carte de crédit, s'il vous plaît.

Je me retiens de lui dire un truc désagréable et lui passe mon American Express Centurion.

— Vous avez des bagages ?

Je réponds par l'affirmative, et un type, sorti de je ne sais où, marche presque sur Jacqueline qui se levait et prend les valises. Nous le suivons jusqu'au septième étage, puis à la chambre 758. Je trouve que c'est une drôle de coïncidence, car ça doit faire sept-cent-cinquante-huit jours que nous sommes venus là, la dernière fois.

Je ne raconterai pas nos vacances ; ce serait un peu comme les amis qui vous invitent pour vous montrer toutes les diapositives de leur voyage à Maubeuge. Je dois toutefois signaler que le fameux Waterford ne m'a jamais envoyé la confirmation de notre accord. De toute façon, maintenant que nos vacances sont terminées, son hôtel, il peut se le foutre dans le cul. Autre détail : j'ai mis plusieurs fois à Jacqueline une branlée au ping-pong. L'amour n'empêche pas de montrer qui commande.

Le retour à Valle s'est effectué sans problème. Ma crainte d'une répétition des événements d'il y a sept-cent-cinquante-huit jours s'est révélée infondée. Ce qui compte désormais, à part me comporter tous les jours comme le meilleur mari du monde, c'est de trouver une nouvelle distraction qui enchantera ma petite femme. Je pense à Venise, mais Jacqueline n'aime pas prendre l'avion. Elle en a une peur bleue, et on ne peut quand même pas aller à Venise en nageant. En plus de ça, on y est déjà allé pour notre cinquantième anniversaire de mariage. Qui pourrait croire que ça fait presque dix ans ?

Acapulco, et particulièrement Las Brisas, pourrait marcher. Elle aime l'endroit et il est accessible en voiture. Mais nos deux voitures sont des quatre-quatre dont le confort n'est pas à la hauteur de mon amour pour ma femme. Elle mérite mieux que ça : une Bentley, ou au moins une Mercedes. Je ne connais personne qui ait une Bentley, mais je me rappelle que mon ami Jaime possède une Mercedes comme neuve, parmi ses dix ou douze voitures.

Il n'est qu'une heure de l'après-midi et je file de la maison, sans que Jacqueline me voie, pour me rendre chez Jaime. Il porte une chemise de soie noire, semblable à celle qu'il avait mise pour l'enterrement de Jacqueline. On dirait que ma visite lui fait plaisir. Il m'offre quelque chose à boire et, vu l'heure, je lui demande un Glenmorangie sans eau ni glace, certain qu'avec sa situation financière cette boisson hors de prix est en sa possession. Il prend la même chose et me demande quel bon vent m'amène.

— Je viens pour ta Mercedes.

Il ne me demande même pas ce que je veux en faire.

— Pas de problème, dit-il sans même se renseigner sur ce que je veux en faire. Quand veux-tu que je te la prête ?

— Il ne s'agit pas d'un prêt, je souhaite que tu me la donnes.

Il lève les yeux au ciel comme si ça le surprenait.

— Qu'est-ce qu'il t'arrive ? je lui demande. Tu n'as jamais offert une voiture ?

— Si, une fois. À une femme que j'aimais. Mais à un homme, non, ça ne m'est jamais passé par la tête.

— Il est temps que tu fasses une exception !

— Oh ! Arrête de faire chier, je te prête ma voiture le temps que tu veux... tant que ce n'est pas plus d'un mois, mais je ne vais pas te la donner.

— On dirait que tu oublies toutes les fois où Jacqueline t'a invité à ses délicieux repas. C'étaient des cadeaux si je ne m'abuse.

— Tu ne vas pas comparer un repas, si bon soit-il, à une voiture !

— Ce n'est pas discutable.

J'essaie de me concentrer pour trouver des arguments convaincants. Finalement, je décide de lui lâcher la vérité.

— Je ne peux pas emmener Jacqueline à Acapulco dans une voiture prêtée. Essaie de comprendre ça.

Maintenant, il ne lève plus les yeux au ciel, mais fronce les sourcils et me regarde comme s'il voulait deviner quelque chose.

— Oublie, dit-il au bout d'un moment. Je ne te la donne pas et je ne te la prête pas non plus. Tu es sûr que ça va ?

— Va niquer ta mère.

Je me lève pour sortir sans même terminer mon verre. Arrivé à la porte, je me dis que c'est idiot de gâcher un si bon whisky. Je suis sur le point de revenir sur mes pas, mais c'est la colère qui l'emporte et je sors sans ajouter un mot. Qu'il se foute sa Mercedes et son Glenmorangie dans le cul !

De retour à la maison juste à temps pour le dîner, Jacqueline me demande où j'avais disparu.

— Je suis allé faire le plein. (Et comme je réalise qu'on ne met pas si longtemps pour faire un plein, j'ajoute :) Le poste à essence de l'avenue Juárez était fermé, alors j'ai dû aller jusqu'à Casas Viejas et il y avait une circulation de merde.

Je n'ai pas faim, ce putain de Jaime m'a coupé l'appétit avec ses caprices. Heureusement, Jacqueline ne se rend compte de rien. À peine la dernière bouchée avalée, elle part faire sa sieste dans notre chambre. J'ai deux heures libres. Je fonce à ma voiture, direction le concessionnaire Mercedes, pour pallier l'ingratitude de ce salaud de Jaime. À peine entré, le vendeur me met le grappin dessus.

— Bonjour... Puis-je vous aider ?

— Je veux une voiture ; mais pas n'importe laquelle. Une Mercedes.

Ses petits yeux brillent d'une lumière gourmande.

— Excellent choix, Monsieur. Vous avez une préférence pour un modèle ?

— Montrez-moi ce que vous avez.

Un modèle de couleur noire me paraît du meilleur goût. Je m'assieds sur le siège passager et essaie d'imaginer comment Jacqueline se sentira. Ils n'ont pas lésiné sur le confort. Cependant, je me demande si le noir ne serait pas trop chaud pour Acapulco. Et qu'on soit en hiver ne va pas régler le problème. Je fais part de mes hésitations au vendeur.

— Écoutez, me répond-il servilement, l'air conditionné fonctionne parfaitement bien, mais, si vous avez des doutes, je peux vous la procurer en blanc ou en gris métallisé.

— Montrez-les-moi, j'aimerais comparer.

— Nous ne les avons pas ici, elles sont à l'usine.

— Ah ! Non, ça ne va pas le faire, je veux une voiture immédiatement. La noire est disponible tout de suite ?

— Oui, Monsieur, elle a juste besoin d'une révision rapide à l'atelier pour vous la livrer en parfaites conditions.

— Très bien ! Mais nous n'avons pas discuté du prix.

Le vendeur regarde une feuille de papier collée au pare-brise, me répète le prix que j'avais vu tout à l'heure. C'est moins de la moitié de ce dont je dispose aux États-Unis, mais ça n'interdit pas le marchandage, toujours recommandé dans ce genre d'opérations.

— Ça, c'est le prix catalogue. Consultez votre directeur et qu'il me donne son meilleur prix.

— Un instant, Monsieur, je reviens tout de suite.

Il monte les quelques marches qui mènent à des bureaux. Il ne tarde pas à revenir et m'annonce, avec un sourire victorieux :

— Monsieur le directeur m'autorise à vous accorder un rabais de sept pour cent sur le prix catalogue.

Je fronce les sourcils et serre les lèvres afin qu'il voie bien que je considère son offre sérieusement. À vrai dire, le rabais ne me paraît pas mauvais du tout, mais je ne peux pas m'empêcher d'élever le débat d'un cran.

— Vous lui avez bien dit que je compte payer la totalité en dollars américains ? Ça devrait l'inciter à considérer un rabais de dix pour cent.

— Non, Monsieur, je ne l'ai pas fait car je ne me souviens pas que vous me l'ayez indiqué.

— Et bien, souvenez-vous-en maintenant.

Et d'un geste du menton je lui indique le chemin du premier étage.

Cette fois-ci, il tarde un peu plus et j'en profite pour regarder dans le détail mon acquisition.

J'en suis à inspecter le coffre quand le vendeur revient.

— Je regrette, Monsieur, mon patron me dit qu'en raison de la volatilité actuelle du dollar, le rabais ne sera que de cinq pour cent si vous nous payez dans cette devise.

Je me retiens de les envoyer tous chier et je me mets à réfléchir. Deux pour cent de différence, ce n'est pas rien. On parle de plusieurs milliers de dollars, mais si j'attends d'acheter des pesos à mon ami Pepe, l'agent de change, ça va retarder la surprise pour Jacqueline.

— Si je paie en dollars, vous me livrez le véhicule aujourd'hui même, chez moi ?

— Oui, Monsieur, dans la mesure où nous recevrons aujourd'hui le paiement. Et je ne vous ai pas demandé : Vous habitez Toluca ?

— Non, mais dans la proche banlieue. Pour être plus précis, à Valle de Bravo, village magique.

Il prend quelques secondes, comme s'il réfléchissait... Si tant est qu'un vendeur puisse réfléchir. Je me permets cette remarque car j'ai moi-même été vendeur à une époque et, à dire vrai, c'était une époque où je ne réfléchissais pas beaucoup.

— Oui, Monsieur, dit-il en brisant le fil de mes pensées, aucun problème. Et, si vous voulez bien, je vais vous accompagner au bureau de notre directeur pour qu'il vous indique le compte où effectuer votre virement.

Nous montons l'escalier et il me fait entrer dans un bureau modeste où un petit maigrichon en cravate mauve travaille sur un ordinateur.

— Monsieur Moreno, lui dit le vendeur, je vous présente le client qui, comme je vous en ai parlé, préfère payer en dollars.

La cravate mauve me regarde avec un sourire de vendeur en chef et me demande :

— Êtes-vous bien sûr, monsieur, que vous ne souhaitez pas payer en pesos ? Parce que nous parlons d'une différence substantielle.

— Si vous connaissiez ma femme, vous comprendriez que quelques pesos en plus ou en moins n'ont aucune importance. Vous voulez bien me donner les coordonnées de votre compte en dollars ?

En moins de cinq minutes, je fais le virement avec mon portable, mais nous devons attendre un bon moment avant que le crédit apparaisse sur le compte du maigrichon. En sortant du bureau, je me demande si je dois donner un pourboire au vendeur. Je ne me rappelle plus ce que j'ai fait lorsque j'ai acheté mes voitures précédentes. Finalement, ma générosité prend le dessus et je glisse un billet de cinquante pesos dans sa main.

Après, tout s'accélère. Ils sortent la voiture, me donnent une copie de la facture pour plusieurs millions de pesos, une attestation d'assurance valable cinq jours et nous partons pour Valle en caravane. Une caravane de trois voitures : moi dans ma Juke, un chauffeur dans la Mercedes, et un autre en Volkswagen qui ramènera le premier.

Malgré tout ce temps passé, Jacqueline fait encore la sieste quand nous arrivons à Valle. Ça me donne le temps d'aller à la remise d'où je sors un ruban rose qu'on utilise normalement pour Noël. Je fais un joli nœud et, avec un bout de chewing-gum que je cache toujours sous une étagère, je vais le coller sur la Mercedes pour que ça ait l'air d'un cadeau.

À six heures vingt, Jacqueline se réveille et je la laisse se débarrasser des effluves de la sieste avant de lui proposer de sortir. Comme si de rien n'était, je lui prends le bras en direction du garage.

— Regarde, lui dis-je, ton cadeau de Noël un peu en avance.

— Mais tu es fou ! J'ai déjà la Jeep.

— Tu verras que celle-là est beaucoup plus confortable. Tu as vu la marque ?

Elle ne voit pas immédiatement que c'est une Mercedes, mais je ne m'en étonne pas, elle n'y connaît rien en voitures.

— Elle est magnifique, dit-elle en s'approchant de la voiture. C'est quelle marque ?

— Une Mercedes, ni plus ni moins, pour la femme la plus merveilleuse du monde.

Elle se précipite dans mes bras et me couvre de baisers.

— Non, dit-elle, c'est toi le mari le plus merveilleux du monde. Mais ça a dû te coûter une fortune !

— Ne t'inquiète pas ! Il fallait une voiture très confortable parce que le cadeau de Noël est en deux parties.

— Quoi ??? Il y a autre chose ?

— Bon, tu n'es pas obligée d'accepter si ça ne te plaît pas. Que dirais-tu d'un petit voyage en Mercedes à... Acapulco ?

Elle tombe de nouveau dans mes bras.

— Acapulco ? À Las Brisas ?

— Où tu voudrais que ce soit d'autre ?

— Je n'arrive pas à y croire ! Je me vois déjà au volant de ce petit bijou sur les autoroutes.

Merde ! Je ne m'attendais pas à celle-là. Jacqueline a d'innombrables qualités, mais pas celle de chauffeur de première classe. Elle accélère et ralentit sans que la circulation le justifie et ça fout la gerbe aux passagers, mais bon, c'est sa voiture et elle a le droit de la conduire, même jusqu'à Acapulco.

Pour confirmer ses intentions, elle s'installe sur le siège du conducteur. J'en fais autant sur celui du passager où je trouve un billet de cinquante pesos. Dieu sait qui l'aura laissé là. Probablement une erreur du chauffeur qui a conduit la voiture jusqu'ici. Je le lui rendrais bien, mais il doit déjà être de retour à Toluca, ou presque. Avec Jacqueline, on se met à chercher tous les gadgets que peuvent offrir ces voitures de luxe. Moi, ce que j'apprécie le plus, c'est la qualité du cuir des sièges et leur confort. Pendant qu'on est là comme deux enfants avec un nouveau joujou, je vois Jérôme qui arrive. Il vient se planter à ma vitre et demande :

— C'est à qui ce nouveau jouet ?

— À ta maman.

— Eh oui, bien sûr ! Les deux quatre-quatre te suffisaient pas ? Et combien t'a coûté ton petit caprice ?

Je lui donne le prix, sans compter les cinquante pesos de pourboire au vendeur et il secoue la tête en levant de nouveau les yeux au ciel.

— Tu vas vendre la Jeep au moins ? demande-t-il.

— Je ne sais pas, elle est à ta mère.

Il me regarde maintenant sans lever les yeux au ciel, mais en fronçant les sourcils et en secouant de nouveau la tête. Il fait le tour de la voiture et s'installe sur le siège du conducteur. Je n'avais pas vu que Jacqueline était rentrée dans la maison pendant que je parlais à notre fils.

— Tu as la clef ? me demande-t-il.

— Oui, dans ma poche, c'est une clef intelligente.

— Enfin quelque chose d'intelligent dans la famille, marmonne-t-il.

Je l'entends parfaitement, mais je n'ai pas envie de me disputer.

— Si tu veux la faire démarrer, c'est ce bouton.

Il démarre et un écran apparaît sur le tableau de bord, juste sous mes yeux. On dirait un GPS.

— Au moins elle a un GPS, dit Jérôme.

— Bien sûr, et des tas d'autres trucs.

— Comme quoi ?

— Cherche-les toi-même.

Je n'ai pas idée de ce que ça peut être et je sors de la voiture pour aller chercher Jacqueline. Elle est au bureau, assise devant son ordi. En m'approchant, je vois qu'elle fait une réussite. Ce n'est pas le moment de l'interrompre, alors je vais à mon ordi où je commence un sudoku.

8.

Le voyage à Acapulco avec Jacqueline au volant a été des plus agréables : elle a trouvé le bouton *cruising* et s'en est servie comme une cheffe. Bon, en supposant que les chefs voyagent à cent-dix à l'heure sur autoroute. J'ai passé tout le temps à la regarder, sans arriver à croire que l'on puisse être si heureux. Elle conduisait en souriant, imaginant sans doute notre arrivée, tandis que je m'abandonnais entre les mains du chauffeur le plus merveilleux du monde. Et pourtant, je ne suis pas très chauffeur. Pas les personnes, mais le fait d'en avoir un. D'abord parce que j'aime conduire et, ensuite, parce que je considère que c'est un caprice de Mexicain plein de fric et enfant gâté. Pourquoi avoir un chauffeur ? Si on ne voit pas ou qu'on est infirme, d'accord. Mais sinon ? À l'hôtel on nous a proposé une de leurs mini-jeeps pour monter à notre bungalow, mais j'ai insisté pour garder ma voiture. Un véhicule de cette qualité, pour ne pas dire de ce prix, mérite une attention constante. De la même manière que je n'ai pas raconté nos vacances à Ixtapan de la Sal, je me limiterai au récit des épisodes les plus importants qui ont marqué notre séjour à Acapulco.

Il me vient tout de suite à l'esprit le déjeuner à l'hôtel Pierre Marqués. J'avais insisté pour faire auparavant un tour au Revolcadero où, quelques décennies plus tôt, je passais mon temps à me faire rouler dans les vagues furieuses sous le regard admiratif d'autres baigneurs moins téméraires que moi. Quand nous y sommes arrivés, j'ai donc décidé de répéter mes prouesses d'antan. Et malgré les injonctions de Jacqueline, je me suis précipité à la flotte. Quelle ne fut pas ma surprise d'aller me taper contre le fond du Pacifique tandis que de puissants remous m'entraînaient vers le Japon. Quelqu'un a passé son bras autour de mon cou et m'a ramené vers la plage en nageant sur le dos. Arrivés là, j'ai réalisé que ce bras était celui de ma femme adorée. J'en profite pour souligner que, depuis toujours, elle nage beaucoup mieux que moi… même si c'est moins audacieusement.

Allongé sur le sable en crachant de l'eau salée mélangée à des mucosités, je ne savais pas trop ce qui s'était passé, mais j'entendais Jacqueline qui m'engueulait :

— Tu n'as plus vingt ans ! Tu es même plus près de cent que de cinquante ! Qu'est-ce qui passe dans ta tête de vieillard de quatre-vingt-deux ans ?

Ses colères ne durent jamais longtemps, elle se mit tout d'un coup à me caresser le front.

— Tu te sens mieux ? Essaie de respirer profondément et promets que tu ne feras plus jamais ça.

J'ai souri et me suis retourné sur le sable pour lui faire un petit baiser en disant :

— Juré !

Puis j'ai eu une nouvelle quinte de toux, mais, cette fois-ci, sans mucosités, grâce à Neptune.

— Pauvre petit chéri, ça va passer. Essaie de t'asseoir.

J'ai obéi et me suis retrouvé assis dans le sable à regarder la mer, mes genoux entre mes bras. La position était agréable et je suis revenu peu à peu à moi. Mais j'étais encore dans les vapes.

— On va marcher un peu, m'a alors dit Jacqueline. Tout doucement, pour se sécher, et ensuite on ira au restaurant.

Le deuxième ou troisième jour de notre séjour à Las Brisas, j'étais assis dos à la piscine et je regardais la mer quand je me suis demandé si en montant sur la balustrade en métal je pouvais plonger dans la mer. À vue d'œil, ça ne faisait pas plus de cinq-cents mètres. J'étais sur le point de monter sur la balustrade quand je me suis souvenu d'avoir juré à Jacqueline de m'abstenir d'effectuer des prouesses téméraires. Alors j'ai tourné le dos à la mer et, collé à la balustrade, j'ai plongé dans la piscine. Ou plutôt, j'ai essayé de plonger dans la piscine parce que, j'ignore pourquoi, un seul morceau de mon corps athlétique a fini dans l'eau. Sûrement une mauvaise évaluation des distances. Le reste, disons des genoux jusqu'aux pieds, est resté sur le ciment, me causant une douleur facile à imaginer. J'ai étouffé mes cris pour ne pas faire peur à Jacqueline qui était dans le bungalow. Puis, avec difficulté, j'ai mis tout mon corps dans l'eau qui s'est immédiatement colorée en rouge.

Je saignais des genoux et je ne pouvais pas plier ou bouger les jambes. Sur le point de hurler, je me préparais à me palper un genou quand Jacqueline s'est approchée de la piscine et a immédiatement remarqué les taches rouges.

— Qu'est-ce qu'il se passe ici ? a-t-elle demandé, affolée. Tu as blessé un animal ?

— Oui, mais l'animal, c'est moi, j'ai répondu en réprimant mes sanglots. Je viens de tomber et me suis niqué les genoux.

— Quoi ? Tu es tombé dans la piscine ? Allez, sors de là que je vois ce que tu t'es fait.

— Non ! Je ne peux pas bouger. Je crois que je me suis cassé les genoux.

— On ne se casse pas les genoux en entrant dans une piscine !

Et en disant cela, elle s'est mise à l'eau, sans qu'il lui arrive rien.

— Fais-moi voir tes jambes.

— Je ne peux pas, dis-je en essayant de les lever, cependant, en me mettant sur le dos dans l'eau, mes membres inférieurs ont fait surface.

— Oui, ça saigne, a dit Jacqueline en s'approchant.

Ce n'était pas un scoop, mais je n'ai rien dit pour la laisser examiner l'ampleur du désastre.

— Ça te fait mal quand j'appuie là ?

Le cri que je n'ai pas pu retenir a tenu lieu de réponse. La douleur était insupportable, même pour un homme de ma trempe.

— Je vais appeler un docteur, dit-elle en se dirigeant vers la chambre. En attendant, essaie de t'asseoir au bord de la piscine.

— Non ! Laisse-moi m'en occuper !

Et d'une main j'ai attrapé mon portable que j'avais laissé ce matin au bord de la piscine, au cas où. J'ai composé le numéro de l'hôtel et quand j'ai eu terminé de leur raconter mon histoire, ils m'ont dit qu'un médecin serait là dans moins d'un quart d'heure.

Malgré mes quatre-vingt-deux ans que je ne cache pas, mes forces ne sont pas négligeables. Mais, en dépit de tous mes efforts, je n'arrivais pas à sortir de la piscine. J'ai essayé de face, de dos, puis Jacqueline est venue m'aider, mais rien à faire. Heureusement, le médecin est arrivé. Il avait une trentaine d'années et des muscles à ne savoir qu'en foutre, si bien qu'il m'a sorti de l'eau en deux secondes. Je l'en ai remercié même si l'effort avait provoqué des douleurs qui auraient été insoutenables pour une personne moins solide que moi.

Jacqueline a posé une serviette de bain pour adoucir le contact de mon dos avec le ciment, tandis que l'homme de science élaborait son diagnostic sur la gravité de mes blessures. Cela, malheureusement, a impliqué divers attouchements que j'ai accompagnés de gémissements seulement, alors que des hurlements de douleur auraient été justifiés.

— Vous n'avez rien de cassé, a déclaré le docteur. Je vais vous faire un pansement et un bandage pour éviter des contacts qui pourraient provoquer une nouvelle hémorragie.

Pendant qu'il me nettoyait les genoux, je me suis dit que mes blessures auraient un impact négatif sur la suite de notre séjour à Acapulco. Les paroles prononcées alors par le docteur confirmèrent mes soucis :

— Maintenant, repos absolu pendant au moins trois jours. Vous êtes venu seul ?

— Bien sûr que non ! Je suis avec ma femme.

— Il faut que je lui parle. Où puis-je la trouver ?

J'ai fait un geste du menton vers le bungalow. Deux minutes plus tard, le docteur est revenu avec un drôle d'air.

— Où étiez-vous quand vous avez essayé de plonger ? m'a-t-il demandé.

— Là, collé à la balustrade.

— Mais ça fait plus de quatre mètres.

— Oui, j'ai toujours été bon en saut en longueur.

— Vous l'étiez peut-être il y a soixante ans.

En bon professionnel de la santé, il avait raison. Ça devait faire au moins soixante-cinq ans que je n'avais pas pratiqué.

— Oui, lui ai-je dit, mais le saut en longueur, c'est comme la bicyclette, ça ne s'oublie pas !

Il m'a regardé avec circonscription... ou circonspection ?

— Vous ne vous êtes pas tapé la tête avant d'entrer dans l'eau ?

— Absolument pas, docteur. Pourquoi ? Vous avez l'impression que je divague ?

— Je passerai vous voir demain.

Il a ramassé sa serviette et s'est dirigé vers la sortie.

— Je vous dois quelque chose, docteur ? (Il a presque fallu que je crie.)

Et là j'ai oublié que, pour me faire rembourser par mon assurance maladie, j'avais besoin d'un reçu du docteur. C'est d'ailleurs pareil pour les médocs, mais je n'y ai plus pensé parce que Jacqueline sortait de la chambre.

— Que t'a dit le médecin ? m'a-t-elle demandé.

— Probablement pareil qu'à toi.

— Non, je ne l'ai pas vu, il ne m'a rien dit.

— C'est bizarre, il est entré dans le bungalow pour te parler.

— Eh bien, je devais être dans la salle de bains, mais à toi, qu'est-ce qu'il a dit ?

— Il a parlé de repos complet pendant trois

jours et a dit qu'il reviendra demain pour voir comment ça va.

— Autrement dit, fini les vacances. Mais, dis-moi, où étais-tu quand tu as fait ton soi-disant plongeon ?

Elle ne va pas me lâcher avec ça...

— Là, collé à la balustrade.

— Tu ne m'avais pas juré que tu ne ferais plus de conneries ?

— Si, mais je n'ai pas pensé que c'était une connerie ; j'ai toujours été bon en saut en longueur. Si je te disais ce à quoi j'ai pensé juste avant et que je n'ai pas fait, tu n'en reviendrais pas. Je t'assure que c'était beaucoup plus dangereux. Maintenant, en ce qui concerne les vacances, il nous reste quatre jours, on va les passer avec *room service* et tout le bordel. Ça sera les meilleures vacances de notre vie, ou du moins de la mienne : la glandouille toute la journée en compagnie de ma femme adorée, vingt-quatre heures sur vingt-quatre.

Je crois que j'avais trouvé les mots justes car elle s'est approchée pour me donner un baiser encore plus tendre que dans mes rêves. Comme annoncé plus haut, je ne dirai rien du reste de nos vacances vu qu'il n'y a rien à en dire. Sauf que le docteur est revenu le lendemain pour m'enlever mon bandage et me déclarer guéri. Ce qui m'a quand même fait chier, c'est qu'il n'a pas adressé la parole une seule fois à Jacqueline. Quelle éducation !

Le quatrième jour, nous avons quitté l'hôtel et, grâce aux dieux, Jacqueline m'a demandé de conduire afin qu'elle puisse dormir sur la banquette arrière. Cela m'a donné l'occasion d'apprécier les qualités de reprise de la voiture bien que, malgré tous mes efforts, je n'aie jamais pu dépasser le deux-cents à l'heure. J'ai pu constater que le gouvernement a imposé des limites de vitesse même à ce type de véhicule, sans aucune considération pour son prix très élevé !

9.

Après tant d'aventures, le retour d'Acapulco fut une période de repos bien mérité. Mes genoux se sont rapidement remis, me permettant de me déplacer d'un endroit à l'autre sans endurer d'insupportables douleurs. Quant à Jacqueline, elle a pu faire de nombreuses réussites et lire quelques articles bien documentés sur des animaux en détresse. Elle était d'ailleurs très gaie, même qu'un soir elle a mis de la musique latino et m'a dit :

— Viens, j'ai envie de danser la samba.

Je l'ai tout de suite rejointe et on a virevolté au son d'un morceau brésilien.

Malheureusement, les meubles ne nous laissaient pas bouger aussi librement que nous aurions voulu, au point que, plusieurs fois, nous nous sommes cognés contre les chaises et la table basse.

Jacqueline a arrêté nos ébats et m'a dit en fronçant les sourcils :

— Tu sais ce qu'il manque à cette maison que tu as si bien conçue et décorée ?

— Je sais, on en a parlé mille fois : des chiottes près de cette pièce.

— Non, à part ça.

À mon tour, j'ai froncé les sourcils en espérant que ça ferait venir l'inspiration, mais j'ai fini par abandonner.

— De quoi tu parles ?

— Eh bien, d'une piste de danse. Ça ne te paraît pas évident ?

Moins que jamais, ce détail me paraissait évident. Nous avons fait construire la maison quand nous avions tous les deux dépassé la soixantaine, un âge où nous dansions peu : un mariage par-ci, un anniversaire un peu spécial par-là, ça n'allait pas plus loin. Néanmoins, j'avais décidé que je ne m'opposerais à aucun désir de Jacqueline, si farfelu soit-il, si bien que je lui ai répondu :

— Tu as raison, il faudrait avoir une piste de danse dans cette maison, laisse-moi chercher une solution.

J'ai réfléchi jusque tard dans la nuit, mais sans laisser Jacqueline s'en rendre compte : si j'arrivais à résoudre ce putain de problème, ça lui ferait une belle surprise. En ouvrant l'œil le lendemain matin, j'avais trouvé la solution ! J'ai bâclé ma toilette intime, je me suis habillé à toute blinde, j'ai avalé mon petit déjeuner plus vite qu'un porc ne l'aurait fait, et j'ai foncé dans le jardin à la recherche de Galdino. Avant de travailler chez nous, il sévissait dans l'industrie de la construction en qualité de chef maçon.

— Galdino, nous allons construire une piste de danse.

Aussi sec il a arrêté ce qu'il faisait et s'est retourné avec un regard bizarre.

— Une piste de danse ?

— C'est ce que je viens de dire, non ?

— Oui, Monsieur, et où allons-nous construire cette piste de danse ?

— Au-dessus de la piscine, évidemment, vous voyez une autre possibilité ?

Son regard, difficile à interpréter, a semblé s'évader dans un espace lointain, comme si j'avais dit une connerie.

— Sur la piscine ? a-t-il répété.

— Galdino ! par pitié, arrêtez de répéter tout ce que je dis ! Est-ce que vous vous sentez capable de trouver une équipe d'une dizaine d'ouvriers pour remplir la piscine de ciment et construire au-dessus une piste de danse en dalles façon marbre ? Et tout ça dans la plus grande discrétion.

— Remplir la piscine de ciment ?

— Galdino, bon Dieu ! Répondez juste oui ou non.

— Oui, Monsieur. Mais permettez-moi de soumettre un commentaire à votre considération. Est-ce qu'il ne vaudrait pas mieux remplir la piscine de sable au lieu de ciment ? Juste au cas où vous voudriez, plus tard, vous servir de nouveau de la piscine comme d'une piscine.

— C'est pas bête ! Commencez dès que possible et, je répète, avec la plus grande discrétion, pour que Madame ne se rende compte de rien jusqu'à la fin.

Il a continué à me regarder en fronçant les sourcils, mais, comme on dit, il a opiné du chef.

J'ai passé les quatre jours suivants à distraire Jacqueline pour qu'elle ne se rende pas compte du tohu-bohu autour de la piscine. Ça a été un stress épouvantable, mais quel plaisir le matin du cinquième jour ! Je suis tombé du lit pour arriver avant elle à la table du petit déjeuner. J'ai choisi un disque de paso doble et j'ai mis le volume sur max pour qu'on l'entende bien depuis la piste de danse.

Le bruit a immédiatement attiré Jacqueline et elle m'a crié :

— C'est quoi cette musique, bordel ?

Je l'ai prise par la main et l'ai guidée jusqu'à la piste de danse. On a dansé un paso doble, suivi d'un autre. Jacqueline souriait comme elle seule sait le faire. On a passé plus d'une demi-heure à sillonner la piste qui s'est révélée très agréable à la plante des pieds, au point que je me suis reproché de n'avoir jamais pris des leçons de *tap dance,* que certains appellent aussi le *zapateado.*

Finalement, elle s'est arrêtée un peu essoufflée et s'est écriée :

— C'est une super piste ! Je pourrais danser toute la nuit.

Moi, je n'ai fait que sourire et, avec ma modestie coutumière, lui ai répondu :

— Je suis content qu'elle te plaise, ça m'a paru l'endroit idéal pour la construire. Tu ne t'es aperçue de rien quand les ouvriers étaient là ?

— De rien ! Mais dis-moi, comment je vais faire maintenant pour me baigner ? Et puis tu ne crois pas qu'on est un peu vieux pour avoir une piste de danse ? On va l'utiliser une fois par an... tandis que la piscine je m'en sers tout le temps !

10.

Ce même après-midi, je suis allé chercher Galdino. Je l'ai félicité pour sa suggestion du sable au lieu de ciment, puis je lui ai dit :

— Madame préfère la piscine, alors rappelez les ouvriers et faisons vite.

Un de ces jours il faudra que je lui remonte sérieusement les bretelles, parce qu'il m'a de nouveau observé avec ce drôle de regard que je trouve tout à fait insolent. Je ne suis pas habitué à ces écarts chez mes employés de maison.

Récupérer la piscine s'est révélé beaucoup plus long et coûteux que la construction de la piste de danse. Le pire a été le nettoyage à la main des mosaïques de la piscine car, pour des raisons que je n'ai pas encore élucidées, le sable s'y était incrusté. Tout ça nous a pris une quinzaine de jours et nous a rapprochés de la date de mon anniversaire numéro quatre-vingt-deux.

J'ai décidé de le célébrer en grand, mais en petit comité.

Petit comité se définit de lui-même, si bien que j'ai limité le nombre de mes invités à Jerôme, Gillian et Sandrine, ce qui, en incluant Jacqueline et moi, donnerait une assistance de cinq personnes. Dans le cas improbable où Stéphane et Lucía entreprendraient un déplacement depuis Chicago, nous arriverions à un total de sept convives. Ces chiffres en tête, j'ai commencé les démarches téléphoniques pour trouver des sources, non seulement pour le festin, mais aussi de divertissement comme, par exemple, des musiciens ou des danseurs.

Le restaurant du Four Seasons, à Mexico, n'offre pas de service à domicile hors de la capitale. Même chose pour le Saint Regis, pour le Marriott, le San Angel Inn, la Taberna del León... Tous mes efforts se sont heurtés à des réponses négatives et, de ce fait, j'ai décidé de remettre à plus tard le sujet de la restauration. Je trouverais bien à temps une solution *in situ*. Mais, puisque j'ai mentionné le temps, n'oublions pas qu'il passe sans qu'on ait encore trouvé la façon de l'arrêter. Il fallait donc que je me grouille de résoudre la question du divertissement.

J'ai auditionné différents ensembles de *mariachis*, plus le groupe de mon ami Uriel qui, outre jouer de plusieurs instruments, enseigne la musique à l'école de Valle. Aucun ne manquait de talent, bien au contraire, mais ils avaient un défaut commun : ils faisaient beaucoup de bruit. Je me suis dit que ce ne serait pas une bonne idée que leurs chants interfèrent avec les conversations. Par conséquent, j'ai rejeté cette catégorie de divertissement. Le temps filait, il me restait moins d'une semaine, quand j'ai eu l'idée de faire appel à un clown.

Chacun sait qu'il existe diverses sortes de clowns : le clown pour enfants, le clown pour enterrement de vie de jeune fille – accompagné d'un strip teaser, mais moi, j'avais en tête d'en trouver un spécialisé dans les adultes. J'ai fouillé l'Internet jusqu'à trouver ce qu'il me fallait : le clown Franchelin. Il proposait de nombreuses options et je me suis décidé pour le paquet complet qui comprend, entre autres, des blagues à double sens et dure une heure et quart. Le tout pour le modeste prix de quatre-mille-neuf-cent-cinquante pesos.

Il ne me restait plus beaucoup de temps pour commander le festin et, plutôt que de m'adresser aux restaurants gourmets de Valle qui n'organisaient peut-être pas des repas à domicile, je me suis dirigé directement à La Michoacana qui fournit notoirement ce genre de service. Je n'ai pas mis long feu à choisir le menu, m'orientant plutôt vers le sucré puisque c'est ce que je préfère. Après tout, il s'agissait de mon anniversaire.

Le matin du 15, Jacqueline m'a réveillé à coup de baisers, en cachant un paquet qui, évidemment, ne pouvait être que mon cadeau. Je le lui ai arraché des mains en riant et me suis mis à déchirer l'emballage pour satisfaire ma curiosité. C'était un magnifique cardigan en cachemire avec des superbes boutons en cuir brun foncé, semi-sphériques. Avec le froid polaire qui envahit la maison au mois de décembre, elle n'aurait pu choisir mieux. Je l'ai immédiatement enfilé au-dessus de mon pyjama et j'ai cherché un miroir. Malgré mes cheveux décoiffés par une nuit de sommeil, on ne pouvait pas faire mieux, au point que j'ai dit à Jacqueline que j'irais comme ça au déjeuner.

— Non, a-t-elle répondu, je suis ravie que tu aimes mon cadeau, mais il vaut mieux que tu viennes au déjeuner en chemise, chandail et pantalon, par respect pour tes enfants. Imagine ce que tu dirais s'ils se présentaient à toi en pyjama à leur déjeuner d'anniversaire. D'ailleurs, si tu n'as pas peur de mourir de chaleur, tu peux toujours mettre le cardigan par-dessus tout le reste. À part ça, comme tu as dû l'entendre dans ton sommeil, je ne me suis pas sentie bien de toute la nuit et je ne crois pas que je pourrai assister au déjeuner. Je vais me recoucher.

— Quoi ? Non, je n'ai rien entendu ! Qu'est-ce que t'as ?

— Eh bien, je me suis levée trois fois pour vomir et trois de plus pour ce que tu peux imaginer. Je ne sais pas si c'est une indigestion ou un empoisonnement.

— Mais, ce n'est pas possible, tout ce qu'on a dîné hier soir, c'est les champignons que j'ai moimême ramassés avant-hier.

— De toute façon, je ne mangerai rien aujourd'hui.

— Alors on annule et on fêtera ça un autre jour.

— Pas question ! On n'annule rien. Ils ne vont pas tarder à arriver de La Michoacana avec le repas, et tu m'as dit que tu as réservé un programme de divertissement. Alors vous allez faire comme si je n'étais pas là, et que la fête continue !

La proposition m'a paru acceptable, surtout considérant que j'avais passé seul mes deux derniers anniversaires. Je me suis dirigé vers la salle de bains pour effectuer ma toilette intime, non sans d'abord pendre mon nouveau et somptueux cardigan dans mon dressing.

J'ai passé le reste de la matinée à m'assurer que tout serait prêt à temps pour la grande fête. À une heure et demie, le personnel de La Michoacana est arrivé : deux à la cuisine et deux pour le service de table, qu'ils ont d'ailleurs commencé à dresser immédiatement. Quatre couverts, parce que Lucía et Stéphane ne s'étaient pas décidés à faire le voyage.

Sandrine était restée coucher chez Gillian et Jérôme et ils sont arrivés tous les trois un peu après deux heures, avec les cadeaux : une petite machine très hype pour charger les batteries de voiture et un gros kilo de délicieuses truffettes au chocolat.

Une fois les cadeaux ouverts, j'ai intimé aux serveurs, d'un geste ferme du menton, de commencer à faire couler le champagne, boisson très appréciée par ma petite famille, et tout particulièrement par Jacqueline et Jérôme. Ça me rappelle l'histoire du type qui entre dans un bar et qui... Non, nous ne sommes pas là pour raconter des blagues.

Au premier toast, j'ai expliqué à mes enfants que leur mère se reposait et n'assisterait pas au repas, à la suite d'une forte indigestion. Les trois se sont regardés, comme étonnés, mais n'ont fait aucun commentaire. J'étais désarçonné, car j'étais prêt à répondre à toutes les questions concernant les causes possibles et les symptômes du malaise de Jacqueline.

Quand j'ai vu que la troisième bouteille de champagne était vide, grâce à l'efficacité de Jérôme, j'ai couru à notre chambre pour voir comment se sentait la malade. Les rideaux étaient tirés et on n'y voyait rien. Je me suis approché tout doucement du lit, elle était profondément endormie.

De retour sur la terrasse, j'ai proposé qu'on se mette à table et tout le monde s'est installé juste à temps pour que les serveurs nous apportent l'entrée. À peine Sandrine avait-elle touché à son plat qu'elle m'a dit en anglais, pour que les serveurs ne la comprennent pas :

— Papa, on dirait qu'ils se sont trompés et qu'ils nous apportent le dessert.

— Ne t'inquiète pas, ma petite chérie, c'est une crème renversée. Ça m'a paru idéal pour commencer le festin.

Après, on nous a apporté des crêpes à la confiture. Tout le monde les a mangées de bon appétit, pensant peut-être qu'il s'agissait du dessert, alors qu'en fait c'était le plat de résistance. Mes convives ont été surpris et émerveillés quand le véritable dessert est apparu : un grand plat de profiteroles. Il y a eu des applaudissements bien mérités autour de la table, pour avoir programmé un déjeuner si bon et si équilibré.

Quand on a eu terminé la deuxième bouteille de rieussec et la quatrième de champagne, je me suis levé pour chercher les liqueurs spécialement achetées pour l'occasion : Cointreau, Bailey's, Grand Marnier, Kahlúa et bien sûr Drambuie, si quelqu'un avait envie de quelque chose de très sec.

Là-dessus, le clown Franchelin est apparu, parfaitement maquillé, une balle de ping-pong toute rouge au bout du nez et portant de magnifiques chaussures de soixante-dix centimètres, comme on ne les fabrique plus. Nous l'avons écouté pendant l'heure et quart prévue dans le paquet complet et je dois dire que j'ai rigolé comme je ne l'avais pas fait depuis soixante-dix ans. Nous avons passé le reste de l'après-midi à déguster avec délice les liqueurs et, vers huit heures, tout le monde s'est retiré, non sans me remercier infiniment pour cette somptueuse réception.

Je suis retourné sans bruit dans notre chambre qui était toujours dans le noir. Jacqueline continuait à dormir et je me suis glissé à côté d'elle dans les draps, l'homme le plus heureux du monde. Ce n'est pas tous les jours que tu partages un succulent repas avec les deux tiers de tes enfants pour retrouver, ensuite, dans ton lit, ta petite femme adorée.

11.

Une bonne nuit de sommeil a requinqué Jacqueline. Pour qu'elle reprenne des forces, et aussi, je l'avoue, pour sortir la Mercedes, j'ai insisté pour que nous allions nous promener.

C'est moi qui ai conduit, prêtant la plus grande attention aux creux et bosses de la route, jusqu'au jardin du Zocalo, un petit parc sympathique pour les habitants de Valle. Nous y avons fait quelques pas, sans nous presser, vers l'église, avant de nous asseoir nous reposer sur un banc, ce qui m'a tout de suite rappelé la fameuse chanson de Georges Brassens, *Les amoureux des bancs publics*.

Je l'ai chantonnée un moment, en essayant de ne pas trop massacrer la musique, et j'ai entouré Jacqueline de mon bras droit pour l'embrasser tendrement sur la bouche. Avant de terminer le baiser, j'ai entrouvert les yeux et me suis aperçu qu'un tas de gens s'était arrêté pour nous regarder. Pas mal d'entre eux se fendaient la pipe.

Je ne me suis pas inquiété, le Mexicain sait se réjouir du bonheur des autres. Ça change du Français ronchon qui ne supporte pas de voir des gens s'aimer en public !

J'ai refermé les yeux pour reprendre notre baiser, jusqu'à ce qu'une voix rocailleuse et désagréable m'interrompe :

— Monsieur, arrêtez de vous donner ainsi en spectacle ! Vous portez atteinte à la morale sur la voie publique.

En rouvrant les yeux, j'ai vu que l'injonction venait d'un policier en uniforme, qui faisait semblant de lire très attentivement un petit livre qu'il avait à la main.

— Cette infraction pourrait vous coûter une amende équivalente à cent-dix-huit fois le salaire minimum.

— Que se passe-t-il, monsieur l'agent ? On n'a plus le droit d'embrasser sa femme ? Regardez, tous les gens sont ravis de nous voir.

— Monsieur, je vous prie de partir.

Et, en disant ça, il a sorti son portable comme s'il allait nous prendre en photo.

J'ai recommencé à embrasser Jacqueline et ai tendu mon bras libre vers l'individu en dressant mon majeur pour qu'il voie ce que je pensais de son intervention.

Mon geste a provoqué un coup de sifflet assourdissant en provenance du pandore et, alors que je levais la tête pour lui dire de se calmer, j'ai vu accourir deux autres agents qui, en arrivant à notre hauteur, se sont mis au garde-à-vous en gueulant :

— À vos ordres, mon commandant !

— Dites à ce monsieur d'aller faire le clown ailleurs, et, s'il n'obtempère pas, emmenez-le au commissariat.

Je n'ai pas voulu me soulever contre sa définition irrévérencieuse de l'amour et, vu son grade élevé, j'ai décidé qu'il valait mieux que nous quittions les lieux. De plus, une amende de cent-dix-huit fois le salaire minimum, ce n'était pas négligeable. Avec toutes ces histoires d'inflation, ça pouvait maintenant représenter mille et quelques pesos. Si bien que j'ai pris Jacqueline par la main pour retourner à la voiture, salués par les applaudissements des nombreuses personnes, témoins de l'altercation. En chemin, j'ai entendu une voix qui me criait *Revenez vite, Mister Bisous !* et je dois dire que le surnom ne m'a pas déplu, bien au contraire.

Le lendemain, j'ai proposé à Jacqueline de répéter l'aventure, et l'idée l'a enchantée. Nous sommes retournés à notre banc et, sur le court chemin depuis la voiture, plusieurs cireurs de chaussures m'ont souhaité la bienvenue. *Bonjour, Mister Bisous, Salut, Mister Bisous, ça fait plaisir de vous revoir !* J'ai fait à tous un petit salut de la main, pendant que Jacqueline avait du mal à contenir un fou rire. Une fois assis, j'ai regardé autour de nous. Il y avait bien quelques flics, mais pas l'énervé de la veille et ils faisaient comme si nous n'étions pas là. J'en ai profité pour prendre dans mes bras mon adorable épouse et je l'ai embrassée sur la bouche, longtemps, comme je l'avais fait la veille. Ce qui m'a finalement interrompu, ce n'est pas la voix désagréable du matamore de la police, mais des vagues de rires. Ouvrant les yeux, je me suis aperçu qu'elles provenaient de la bonne vingtaine de personnes qui nous entouraient.

— Qu'est-ce qu'il y a ? leur ai-je demandé d'une voix forte pour que tout le monde m'entende, on ne peut plus embrasser sa femme dans le jardin ?

— Au contraire, répondit quelqu'un, embrassez dans notre jardin comme il vous plaira. Ne vous occupez pas de nous, Mister Bisous. Faites ce que vous avez à faire.

Malgré cette invitation, j'ai pris Jacqueline par la taille et me suis éloigné du banc, sous les cris des spectateurs : *Ne partez pas si vite, Mister Bisous, vous avez gagné le gros lot, Mister Bisous, à demain, Mister Bisous.*

Ces manifestions d'affection m'ont réchauffé le cœur alors, pendant plusieurs jours, j'ai emmené Jacqueline au jardin. Avec le temps, j'ai vu augmenter le nombre de mes aficionados.

Puis on a arrêté d'y aller. Mais plusieurs fois, quand je me promenais dans la rue, seul ou avec Jacqueline, des inconnus me saluaient, m'appelant toujours Mister Bisous. Je leur rendais à tous leur salut et, si jamais j'étais avec Jacqueline, je lui faisais un long baiser sur la bouche.

Ma célébrité ne faisait qu'augmenter et quelle ne fut pas ma surprise, un mercredi matin où j'entrais au supermarché avec mon chariot, d'entendre l'employé chargé de verser un peu de gel hydroalcoolique dans les mains des clients et de leur prendre la température, me dire presque affectueusement : *Comment ça va ce matin, Mister Bisous ?*

— Comme neuf, mon brave, lui ai-je répondu avec un grand sourire.

Mais je n'étais pas venu au Super Che pour bavarder avec les employés si aimables soient-ils, alors je n'ai rien ajouté. J'ai donc commencé mes courses comme à mon habitude par le rayon des gélatines tout en essayant d'imaginer comment je pourrai faire bénéficier Jacqueline de toute cette soudaine gentillesse à mon égard. Des gélatines, je suis passé au rayon des eaux minérales, puis au poulet et à la viande hachée, mais la révélation ne m'est arrivée que devant un étalage de bananes :

La présidence municipale !!!

Imaginez Jacqueline femme du Président municipal, donc première dame de Valle de Bravo, luttant à mes côtés contre la corruption, contre la pauvreté, contre la pédophilie et les narcos, contre la cruauté envers les animaux ! Il fallait absolument que je me présente aux élections pour être Président municipal.

Mes couilles à couper, j'y arriverai !

12.

À peine revenu à la maison, j'ai rangé mes achats et suis allé chercher Jacqueline pour lui révéler l'idée du siècle.

— T'es complètement fou, m'a-t-elle dit, pourquoi veux-tu te faire élire Président municipal ?

— Ce n'est pas pour moi, c'est pour toi. Tu t'imagines être la première dame de Valle de Bravo, village magique ?

— Et à quoi ça me servirait de devenir première dame de Valle ? Je n'ai aucune envie de me créer des nouvelles obligations, sociales ou autres.

— Oublie les obligations, pense aux portes que

ça t'ouvrirait : directrice du DIF avec ton chauffeur ; et puis moi, je te déléguerai les fonctions de la protection des animaux, on rénovera les installations du centre canin.

Là, j'ai senti que j'avais touché un point stratégique.

— Tu crois qu'il y aurait un budget pour le rénover ?

— Évidemment ! C'est moi qui fixerai les budgets.

Elle m'a regardé en souriant, tout en restant quand même songeuse un bon moment.

— Mais, enfin, on n'y connaît rien en politique...

— Quoi ? Tu oublies ton grand-oncle président du Conseil, et mon père qui a dirigé pendant vingt ans un hebdomadaire politique.

— Excuse-moi, mon amour, je n'étais pas encore née quand l'oncle Paul a été président du Conseil, c'était sous la IVe et il a valsé après trois mois ! Et, en plus, je l'ai à peine connu. Quant à ton père, je n'ai pas l'impression que tu t'intéressais beaucoup à la politique quand il a eu son journal.

— Là, tu te goures à cent pour cent. Mon frère et moi, nous avions un quart de page qui s'intitulait *La Colonne des Jeunes*. D'accord, Jean-Mi était plus assidu que moi à la remplir, mais on y a publié plusieurs de mes articles. Je me souviens encore d'un où je comparais les élèves de collèges privés aux fils d'enfants de chez Renault.

— Tu ne vas pas me faire croire que c'était un journal de gauche, je ne l'ai jamais lu, mais j'ai connu ton père.

— Non, il n'était pas de gauche, plutôt le contraire, mais tu sais autant que moi que j'ai toujours penché vers la justice sociale.

Elle est restée à secouer la tête et, après quelques secondes, elle m'a demandé :

— Tu sais au moins comment on inscrit sa candidature au poste de maire ?

Je n'en avais évidemment aucune idée, mais je ne me suis pas laissé démonter.

— Je vérifie sur l'ordi et je te dis.

— Parfait. Amuse-toi bien ! Moi, je vais faire une réussite.

Elle n'a pas eu le temps de finir sa réussite que j'avais déjà obtenu toute l'information disponible. Ils demandent les pièces d'identité et autres trucs habituels. Tu as même le droit de te présenter sous un surnom, un pseudonyme, mais, pour moi, c'est bonnet blanc et blanc bonnet. La seule note alarmante était que le poste de Président municipal de Valle de Bravo était occupé jusqu'à la fin de l'année prochaine. J'en ai fait part à Jacqueline qui m'a demandé en riant :

— Et comment je vais faire moi, pour passer presque un an sans devenir la première dame de Valle de Bravo ?

Sa bonne humeur m'a rassuré, parce que j'avais cru un moment que, malgré son caractère égal, elle pourrait prendre à mal ce léger contretemps.

— Ne t'en fais pas, lui ai-je dit, ça nous donnera le temps de préparer nos programmes et de calculer, grosso modo, combien il faudra défalquer du budget global pour atteindre nos objectifs.

— Comment ça, défalquer ? Tu ne m'as pas dit, tout à l'heure, que ce serait toi qui fixerais les dépenses ?

— Oui, ma chérie, c'est une autre façon d'envisager les problèmes. Ne t'inquiète pas, je suivrai le règlement au pied de la lettre.

J'ai senti mon nez qui voulait pousser comme celui de Pinocchio, parce que j'ai mes propres idées concernant la corruption. J'ai tourné le dos à Jacqueline.

— Maintenant, il faut que je prépare les documents qu'ils demandent, ai-je murmuré dans ma barbe. Excuse-moi, mon amour, je dois me concentrer.

J'ai trouvé presque tout en quelques minutes, il me manquait juste ce qu'ils appellent la « photo digitale » du candidat. Je ne voyais pas trop ce que ça voulait dire, mais, comme il s'agissait d'une photo, il me suffisait de recourir aux talents de Jacqueline dans ce domaine. Elle trouverait sûrement ce que signifie « digitale ».

— Ma chérie, lui ai-je demandé, tu pourrais me prendre une photo, s'il te plaît ?

— Bien sûr, où veux-tu que je la prenne ?

— Ici, dans mon fauteuil, si tu veux bien.

— Pas de problème. Pourquoi tu veux une photo ?

— C'est pour le dossier d'inscription.

Elle s'est levée et est venue avec son portable jusqu'à mon bureau.

— Ça ne fait rien si elle est digitale ?

J'en suis resté comme deux ronds de flan. Est-ce que je vis dans un autre monde ?

— Ça ne fait rien ? a-t-elle répété.

— Non, non, au contraire, ça devrait leur plaire.

Elle m'a cadré dans son portable deux secondes et m'a dit en appuyant sur un bouton :

— Voilà. Il est beau comme tout, mon mari. Je te l'envoie par WhatsApp.

— Hein ???

Je ne savais pas de quoi elle parlait. Moi, tout ce que je voulais, c'était une photo.

— C'est parti. Quelque chose d'autre pour Votre Seigneurie ?

— Non, merci mille fois, mon amour, demain j'emmène tout ça à l'IFE.

J'ai ouvert à tout hasard l'icône qui disait WhatsApp sur mon téléphone et, effectivement, il y avait la fameuse photo de moi exigée par les autorités. Je n'ai pas voulu paraître plus con que je le suis en demandant à Jacqueline comment je pouvais l'imprimer et, après pas mal de tâtonnements, j'ai réussi à le faire.

Je ne vais pas mentir et prétendre que, le lendemain matin, je me suis réveillé à l'aube pour aller faire mes démarches. La pure vérité, c'est que je me suis levé à mon heure habituelle, dix heures et demie, et que j'ai fait comme d'habitude. Il était donc environ une heure quand j'ai prévenu Jacqueline que je partais pour l'IFE, enregistrer ma candidature.

Une fois arrivé, quelle n'a pas été ma surprise de ne trouver qu'une succession de boutiques à l'endroit même où l'IFE aurait dû se trouver. Alors que j'ai toujours connu ces bureaux, impossible maintenant que j'en avais besoin de les dénicher ! Inquiet à l'idée d'un nouveau trou de mémoire alors que tout allait mieux pour moi, j'ai fermé les yeux en me massant les tempes pour mieux me concentrer.

Peine perdue, quand j'ai rouvert les yeux, les

affreuses petites boutiques étaient toujours là, mais pas la moindre trace d'IFE. Pensant qu'ils avaient peut-être changé d'adresse, je me suis décidé à entrer dans l'une des boutiques de vêtements pour femmes afin d'en savoir plus.

— Bonjour, ai-je dit à la personne en charge, assise sur une chaise. N'imaginez pas que je vienne acheter quelque chose qui m'aille. Je voudrais juste vous demander si vous savez ce qui est arrivé aux bureaux de l'IFE, qui se trouvaient juste à côté.

— Hou la la ! m'a-t-elle répondu, ça fait belle lurette qu'ils ont déménagé. Ils sont pas loin, à cinq-cents mètres, dans la même rue. Vous continuez tout droit, vous ne pouvez pas les rater. Ah ! et ça ne s'appelle plus l'IFE mais l'INE.

— Eh ben ça alors ! Vous savez pourquoi ? Pour une raison politique ?

Elle m'a répondu que tout ce qu'elle savait, c'est que ça s'appelait maintenant l'INE et j'ai pris congé.

J'ai démarré doucement le quad en regardant bien les différents bâtiments qui bordaient la rue. J'ai vu une épicerie, une blanchisserie de très bonne allure et, juste quand je pensais que la petite dame m'avait mal informé, une pancarte est apparue qui disait *Institut National Électoral*, soit en abrégé, INE.

J'ai sorti de tous mes papiers celui que j'ai toujours appelé mon IFE, où il y a écrit en majuscules Institut Fédéral Électoral.

La queue n'était pas trop longue et, en moins de cinq minutes, j'ai été appelé par un employé, ou, pour être plus exact, par un fonctionnaire de l'État.

— Monsieur, ai-je dit au fonctionnaire, je viens vous demander pourquoi ce qu'on appelait avant l'IFE s'appelle aujourd'hui l'INE.

— C'est qu'avant c'était l'Institut Fédéral Électoral et c'est devenu l'Institut National Électoral.

— J'entends bien, mais pourriez-vous m'indiquer les raisons du changement ? Raison politique ? Ordre supérieur, et dans ce cas, personne ou organisme qui a passé l'ordre ?

— Donnez-moi un instant, monsieur.

Et il a disparu par une porte qui, visiblement, ouvrait sur des horizons mieux éclairés.

Il est revenu assez vite et m'a dit :

— Je regrette, monsieur, nous ne disposons pas, pour l'instant, de cette information.

— Hum, je comprends, et quand pensez-vous en disposer ?

— Je ne pourrais pas vous dire. Quelque chose d'autre, monsieur ?

— Non, merci, vous avez été très aimable... Ah ! si, pardon ! En fait, je viens enregistrer ma candidature au poste de Président municipal de Valle de Bravo.

— Oui, monsieur (J'ai tout de suite senti qu'il s'adressait à moi plus respectueusement), mais je regrette, nous n'acceptons pas d'enregistrements jusqu'à l'année prochaine.

— Comment ? J'ai là tous les documents nécessaires ! Est-ce qu'on peut au moins vérifier qu'il ne me manque rien ?

— Monsieur, je dois vous informer que les documents requis peuvent changer d'une élection à l'autre, si bien que ça ne nous servirait à rien de vérifier ce que vous avez.

— Et quand pourrons-nous le faire ?

— Impossible de vous le dire avant l'année prochaine, monsieur.

Je suis reparti en lui répétant mes remerciements, pas tellement pour l'aide qu'il ne m'avait pas apportée, mais parce que, en fin stratège que j'étais, je voyais dans ce fonctionnaire de l'État un futur électeur, connaisseur des entrailles de la municipalité, qui pourrait voter pour moi.

13.

Je suis rentré à la maison, plutôt satisfait de ma matinée et suis allé la raconter à Jacqueline.

— Tu es content de quoi ? m'a-t-elle demandé. Tu n'as même pas pu t'inscrire.

— Oui, mais maintenant je connais la mécanique de A à Z et je vais pouvoir me concentrer à fond sur ma campagne.

— Quelle campagne, mon chéri ? Si tu n'es pas inscrit, je doute fort qu'on te laisse faire campagne. Tu as vérifié ça ?

— Bien sûr, lui ai-je menti. En plus, personne ne m'empêche de commencer les préparatifs.

— Quel genre de préparatifs ? Tu vas écrire des discours pour quand tu auras le droit de parler ?

— Fais-moi confiance, tu vas voir que tout va se passer comme sur des roulettes, et j'insiste, comme sur des roulettes !

J'ai vu qu'elle haussait les épaules et les sourcils, mais je n'ai pas voulu continuer à discutailler. Je suis sur cette terre pour combler ma femme adorée, et rien ni personne ne m'éloignera de cette mission.

Après le déjeuner, j'ai profité de sa sieste pour m'asseoir à mon ordi, l'esprit en ébullition.

J'ai ouvert plusieurs fichiers Word et me suis mis à les remplir avec mes slogans de campagne.

Le premier, pas très original, disait :

VOTEZ POUR MISTER BISOUS
À LA PRÉSIDENCE MUNICIPALE

Le suivant :

AVEC MISTER BISOUS, + DE SOUS
VOTEZ POUR LUI COMME PRÉSIDENT MUNICIPAL

Un autre :

TU AIMES LES SOUSOUS ?
TU VAS AIMER MISTER BISOUS
À LA PRÉSIDENCE MUNICIPALE

Et j'en ai préparé une vingtaine dans ce style. La base de ma campagne consistait évidemment à titiller l'appétit de lucre de tout être humain.

Pas besoin d'un doctorat en mécanique quantique pour savoir qu'il n'y a que ça qui fonctionne. Et ça ne date pas d'hier.

Mon seul problème était de savoir par quels moyens j'allais rassasier cette avidité, non seulement de mes électeurs mais de tous ceux qui auraient voté pour un autre connard. Mes idées pour résoudre le problème virevoltaient autour d'un autre slogan qui taraudait mon esprit hyper-actif :

UN BON BISOU VAUT MIEUX QU'UNE DIZAINE DE SOUS

J'avais même la version pour les gens à faibles revenus :

UN BON BISOU VAUT DES MILLIERS DE SOUS

Si bien que si une personne n'arrivait pas à joindre les deux bouts avec, disons, trois-mille pesos par mois, il lui suffirait de faire dix bisous par mois (un tous les trois jours) pour augmenter ses rentrées mensuelles à plus de treize-mille pesos.

Il fallait que je peaufine le concept pour qu'il n'y ait plus personne, dans ma municipalité, qui continue à avoir des fins de mois difficiles. D'un autre côté, je ne pouvais pas permettre que tout le monde devienne millionnaire juste avec l'astuce de distribuer mille bisous par mois. Ça serait bon pour la recette fiscale, mais qu'est-ce qu'on ferait de tout cet argent ? Je n'allais pas faire construire une piscine olympique par tête de contribuable. D'accord, beaucoup d'entre eux paieraient leurs impôts en bisous, mais ma politique avait encore besoin d'être affinée.

Jacqueline s'est réveillée de sa sieste bien reposée et de bonne humeur, si bien que j'en ai profité pour lui demander de me lire *Le Petit Chaperon rouge*. C'est une œuvre magnifique, et probablement mon livre préféré. Depuis qu'elle est « retournée sur terre », elle me lit aussi quelquefois *Barbe-Bleue*, *Cendrillon*, *Peau d'Âne* et bien d'autres, mais, à mon humble opinion, aucun n'arrive à la cheville du *Petit Chaperon rouge*. *Le Chat botté* ferait un bon second, mais il n'ira jamais plus loin, même en enlevant ses bottes.

Pendant qu'elle cherchait le livre, je suis allé prendre mon pistolet dans mon dressing et, comme d'habitude, j'ai sorti le chargeur pour ne pas me faire engueuler.

Ah ! Il faut que j'explique de quoi je parle.

Quand Jacqueline m'a lu pour la première fois *Le Petit Chaperon rouge,* il y a deux ou trois semaines de cela, j'ai eu envie d'aller chercher dans ma table de nuit la sucette et le petit tigre que je range toujours là et, de retour, je me suis pelotonné dans le lit, la sucette dans la bouche et mon petit tigre bien serré contre moi. Lorsqu'elle m'a vu, couché comme un bébé, Jacqueline s'est mise en colère :

— Mais qu'est-ce qu'il t'arrive ? a-t-elle gueulé, je n'ai pas épousé un enfant de quatre ans. Va immédiatement ranger ces joujoux ! Et si tu veux que je continue à te lire des contes, tu as intérêt à faire preuve d'un peu plus dc maturité !

Penaud, j'ai filé ranger mes affaires, mais la leçon m'avait servi à quelque chose : le jour suivant, pendant que Jacqueline allait chercher le recueil de contes, j'ai pris mon pistolet là où je le cache dans mon dressing et j'ai attendu que la lecture commence. Sauf que Jacqueline, observatrice comme toujours, a vu mon arme et s'est mise à crier :

— Et maintenant, qu'est-ce que t'as encore inventé ?

— Rien, ma chérie, hier tu m'as demandé de la maturité, alors voilà : si le putain de loup s'approche, je le bute avec mon flingue.

Des fois, j'ai du mal à comprendre les femmes. Elle s'est remise à m'engueuler :

— Bah, bravo ! Hier, tu avais quatre ans et aujourd'hui tu en as dix. Décharge immédiatement cette merde et donne-moi le chargeur. Tu sais parfaitement que je déteste les armes.

J'ai obéi comme un enfant de dix ans avec sa mère, mais, en lui passant le chargeur, je lui ai dit :

— Voilà, mon amour, excuse-moi de toutes ces erreurs, mais je te demande une grande faveur : pendant que tu me lis ce conte, laisse-moi garder le pistolet. Je me sentirai plus en sécurité parce que le loup ne devinera jamais qu'il n'est pas chargé.

Elle a hoché la tête d'un côté et de l'autre, comme si j'avais dit une énorme connerie, et elle a soupiré :

— Ça va, garde-le, mais tu me donneras toujours le chargeur avant que je commence à lire.

Ce soir-là, une fois la lecture terminée, nous avons partagé un dîner frugal arrosé de quelques whiskies et, après avoir regardé deux épisodes de *The Crown*, nous sommes allés nous coucher : c'est redevenu un plaisir depuis que j'ai recouvré la raison et que je ne me crois plus veuf et c'est collé à Jacqueline que j'ai rejoint les bras de Morphée. Ce même Morphée a dû donner les instructions nécessaires puisque, le lendemain matin, les vibrations de mon bracelet-montre électronique m'ont réveillé à dix heures et demie pétantes, en pleine forme pour attaquer ma journée comme il se doit.

La première chose qui m'est venue à l'esprit

était, évidemment, d'aller commander les affiches électorales pour ma campagne. J'ai imprimé tous les fichiers Word de la veille et j'ai demandé à Jacqueline de m'accompagner parce qu'elle avait déjà imprimé il y a quelque temps des tas de pancartes pour son association d'aide aux animaux.

On y est arrivés sur le coup d'une heure et le patron nous a fait entrer. Nous avons commencé par définir la façon dont les slogans couvriraient l'affiche, puis nous avons choisi méticuleusement quelle police employer, tombant d'accord sur le fait que la plus approprié serait l'Arial Rounded MT Bold.

Après avoir choisi les différentes tailles des affiches qui seraient disposées à des endroits stratégiques, est venu le moment de décider des couleurs. Notre belle communion d'esprit a alors disparu lorsque Thomas, le patron, s'est mis à proposer des couleurs incongrues. Je proposais de mon côté très sobrement un fond bleu clair avec des caractères d'un joli rose mexicain, très adapté au thème des bisous.

Finalement, le client a eu raison, comme il se doit, et nous nous sommes dit au revoir, après que j'ai laissé à Thomas une avance de cinquante pour cent du budget total. Les pancartes seraient prêtes sous quinzaine.

En sortant, j'ai demandé à Jacqueline qu'on s'arrête un moment dans une papeterie.

— Bien sûr, m'a-t-elle dit. Mais de quoi as-tu besoin qu'on n'ait pas déjà à la maison ?

— Je veux acheter un calepin noir format A4.

— Pour ?

— Eh bien, il faut que je note tous mes frais de campagne, qui ne vont pas être négligeables, comme tu as pu t'en rendre compte il y a cinq minutes lorsque j'ai donné son avance à Thomas.

— Et à quoi ça te servira de noter tous tes frais ?

— À les récupérer, mon amour. Quand je serai Président municipal, je présenterai tous mes frais pour qu'on me les rembourse. Bien entendu, je ne serai pas trop près de mes sous. Par exemple, l'essence qu'on a dépensée aujourd'hui pour aller commander les pancartes, je ne vais pas la facturer.

— Et le calepin noir non plus ?

— Ah ! Bonne question ! Je n'avais pas considéré cet aspect de la question. On est à la frontière entre le personnel et le professionnel. Donne-moi un jour ou deux pour y penser.

Mais je me suis bien rendu compte que Jacqueline était d'humeur bavarde ce matin, parce qu'elle a continué :

— Tu crois que tous les candidats élus se

« remboursent » (les guillemets elle les a mimés avec ses mains) de leurs frais de campagne ?

— Bon, les frais de ceux qui représentent un parti sont payés par le parti, mais rappelle-toi que Mister Bisous est un candidat indépendant.

— Et parce que tu es indépendant tu auras le droit de piocher dans les caisses de la municipalité ?

— Mais qu'est-ce que tu as, ma chérie ? De la façon dont tu t'exprimes, on dirait que je suis un voleur. Tu te trompes complètement, crois-moi ! Je n'ai aucune intention d'agir en dehors des paramètres établis par mes prédécesseurs.

Elle n'a pas eu le temps de me répondre car nous étions arrivés à la papeterie. J'ai laissé la voiture en double file et me suis précipité dans la boutique.

Et là, j'ai ressenti une vive frustration : ils n'avaient pas de calepins noirs en format A4. Ils n'offraient ce format qu'en bleu ou en vert foncé. En noir ils ne disposaient que du 10,5 x 14,9 (demi-page) ou du 5,2 x 7,4 (quart de page).

J'ai demandé à voir un échantillon de chaque, parce que le choix n'était pas facile. L'employée qui s'occupait de moi m'a indiqué que le 10,5 x 14,9 était au prix unitaire de soixante-douze pesos alors qu'ils ne demandaient que quarante et un pesos pour le 5,2 x 7,4. J'ai hésité plusieurs minutes, puis me suis décidé pour la solution la plus logique et la plus économique : le 5,2 x 7,4 évidemment. Il rentrerait facilement dans une de mes poches et, si je décidais d'inclure cet achat dans mes frais de campagne, les caisses de la municipalité en bénéficieraient d'autant.

De retour à la voiture, j'ai expliqué à Jacqueline le dilemme en face duquel je m'étais trouvé et les raisons de mon choix final.

Elle m'a écouté, apparemment avec attention, mais, quand j'ai eu terminé, elle m'a demandé en riant :

— Dis-moi, dans tes frais de campagne, tu vas inclure le coût de l'encre utilisée pour remplir ton calepin noir format quart de page ? Tu t'es renseigné pour savoir si tes prédécesseurs l'ont fait ?

Pour ne pas la contrarier, je n'ai pas relevé ses ironies et j'ai continué à conduire jusqu'à notre maison avec un grand sourire. Après tout, je serais bientôt Président municipal de Valle de Bravo, village magique, et elle, première dame.

14.

En attendant Noël, j'ai réfléchi à des idées de cadeaux que je pourrais faire à mes électeurs potentiels pour agrémenter ma campagne. Ne voulant pas offrir de l'argent, je me suis décidé pour des T-shirts et des distributions gratuites de gâteaux au chocolat.

Mais ce n'était pas tout de trouver l'idée, encore fallait-il la mettre en place.

Dans le cas des T-shirts, j'ai dû d'abord trouver où les faire fabriquer. L'annuaire de Valle m'a proposé dix-huit boutiques spécialisées dans la mode. J'en ai éliminé cinq qui ne me convenaient pas, et j'ai dûment noté nom, adresse et téléphone de toutes les autres.

Après, il a fallu choisir les tailles, et là, Jacqueline, qui connaît bien ces choses-là, m'a encore beaucoup aidé.

Au terme de longues considérations, nous avons décidé, d'un commun accord, que la fabrication des tailles se distribuerait comme suit :

Vingt-cinq pour cent : taille S

Cinquante pour cent : taille M

Vingt pour cent : taille L

Cinq pour cent : taille XL

Jacqueline m'a assuré que le fabricant saurait ce que voulaient dire S, M, L et XL.

Il a ensuite fallu décider du texte ou du dessin qui viendrait orner nos T-shirts. Après trois jours de recherches, nous avons choisi pour le devant du T-shirt cet émoticône en rouge : , parfaitement approprié à la campagne de Mister Bisous. Il va sans dire que la couleur des T-shirts serait exactement la même que celle des affiches, soit un bleu très pâle, sur lequel ressortirait délicieusement l'émoticône du baiser rouge. Pour le dos du T-shirt, Jacqueline et moi étions d'accord qu'il fallait une espèce de slogan. Après une longue réflexion, nous avons opté pour un simple mais efficace :

AVEC MISTER BISOUS,

\+ DE 

=

\+ DE $$$

J'étais en train de reproduire tout ça sur une feuille de papier millimétré quand les chiens se sont mis à aboyer et, un instant plus tard, Jérôme est entré dans notre bureau.

Il revenait d'un voyage au Japon et a commencé à nous raconter ses expériences asiatiques.

Quand il a eu terminé, j'ai dit, en faisant un clin d'œil à Jacqueline :

— Avec tous tes vols, ta mère et moi n'avons pas pu te dire que je vais me présenter aux prochaines élections pour devenir Président municipal !

Le visage de Jérôme s'est paralysé. Serait-ce sa *poker face* ?

— Encore un de tes trucs débiles, a-t-il dit, je ne sais pas si c'est de la sénilité ou juste de la connerie.

En écoutant la tournure de la conversation, Jacqueline est partie vers notre chambre et Jérôme s'est assis dans son fauteuil. J'ai approché le mien et lui ai répondu :

— Je n'ai rien de sénile. Mais, dans le domaine de la folie, il faut que je te raconte quelque chose que, jusqu'à présent, je n'ai raconté à personne.

Cependant, tu dois me promettre que, toi non plus, tu n'en diras rien à qui que ce soit, même pas à ta mère.

— Tu es complètement barjo. Ça fait plus de deux ans que maman est morte.

J'en suis resté bouche bée. Il était aussi fou que je l'avais été pendant vingt-six mois.

— Mon fils, tu ne vois pas que ta mère était assise dans ce fauteuil il y a moins d'une minute ? Et maintenant elle est dans notre chambre. Va vérifier si tu ne me crois pas. Ce que je reconnais, c'est que j'ai perdu la boule pendant longtemps, en croyant que ta mère était morte et, apparemment, tu as le même problème. Mais oublions nos maladies un instant pour voir si tu peux m'aider pour ma campagne. Parmi les cadeaux que je réserve à mes électeurs potentiels, il y a un gâteau au chocolat et je ne sais pas quel slogan y faire inscrire. Toi qui as beaucoup d'imagination, qu'est-ce que tu me conseilles ?

Il s'est levé du fauteuil de Jacqueline et, toujours avec sa *poker face*, m'a demandé :

— Tu penses sérieusement te présenter aux élections ? Entre autres inconvénients, ça va nous tourner en ridicule, Gillian et moi, avec tous nos amis de Valle.

— Non, fiston, ne t'inquiète pas, je vais me

présenter sous un surnom, ce que les autorités appellent un pseudonyme, et tes amis ne se rendront compte de rien.

— Et on peut savoir ce que va être ce pseudonyme ?

— Mister Bisous. Court, mais percutant.

Il s'est rassis, cette fois-ci en se prenant la tête entre les mains. Quand il a relevé la tête, il m'a dit :

— Mais t'es complètement malade ! D'où tu as sorti cette connerie ?

Alors il a fallu que je lui raconte nos nombreuses promenades avec sa maman au jardin, comment je l'embrassais sur notre banc et que, petit à petit, les gens nous reconnaissaient et m'avaient donné ce surnom. Je lui ai aussi expliqué que, dans la rue, avec ou sans Jacqueline, on me disait souvent bonjour en m'appelant Mister Bisous.

— Tu comprendras, ai-je conclu, qu'on ne peut pas négliger une telle popularité et que c'est ça qui m'a poussé à m'inscrire aux élections municipales. Si tu ne me crois pas, tu pourras m'accompagner, un de ces jours, tu verras bien que je ne suis pas malade. Cela dit, celui qui doit se soigner, pour l'instant, c'est toi. Viens avec moi dans la chambre, on va bavarder un moment avec ta maman pour que tu voies qu'elle est bien vivante.

— Non, merci, dit-il en se levant et en se dirigeant vers la porte, Gillian m'attend pour dîner.

Mon pauvre garçon devait être sous le choc d'apprendre que sa maman n'était pas morte… Pour ne pas trop le brusquer, j'ai abandonné l'idée de le convaincre immédiatement, mais je me suis dit qu'il était urgent de parler avec son frère et sa sœur pour essayer, à tous les trois, de soigner ses troubles mentaux. Ça n'aurait servi à rien de faire intervenir Jacqueline puisqu'il la croyait morte, mais je parlerai à Gillian pour qu'elle traite son mari avec encore plus d'amour que d'habitude, parce que ça fait trop longtemps que le pauvre se considère orphelin de mère.

15.

La première chose que j'ai faite, le jour suivant, fut d'appeler Sandrine. Elle faisait cours et n'a pas pu prendre mon appel, mais j'ai insisté pour qu'elle me rappelle au plus vite. C'est une affaire urgente tout de même.

Stéphane, le second sur ma liste, travaillait lui aussi, mais il m'a dit qu'il pouvait m'accorder trois minutes de son temps. Je suis allé droit au but :

— Il faut faire quelque chose avec Jérôme. Il perd la boule, il croit que votre maman est morte. Je ne m'inquiète pas trop, parce que je pensais comme lui jusqu'à il y a peu, mais plus on tarde à l'en dissuader, plus ça risque de devenir grave.

Il y a eu un long silence, pendant lequel Stéphane répondait probablement à un client sur une autre ligne, et puis il est revenu vers moi.

— Écoute, papa, dans quatre jours on va être tous ensemble à Valle et on pourra en parler, ce sera beaucoup plus pratique.

L'idée m'a paru bonne, je l'ai validée, puis on s'est dit au revoir affectueusement.

Curieusement, quand Sandrine m'a téléphoné peu après et que je lui ai parlé du problème, elle m'a fait exactement la même suggestion que son frère aîné, si bien qu'on a repoussé l'affaire jusqu'à notre réunion de Noël.

Cela m'a laissé du temps pour me concentrer sur mes cadeaux aux électeurs.

La question du gâteau au chocolat n'était pas résolue. Alors, sans perdre de temps, je me suis dirigé vers la pâtisserie de La Estación qui offre toujours des produits savoureux.

Le patron était là et j'ai pu lui exposer mes désirs : gâteau au chocolat pour six personnes, avec, sur le dessus, un texte très lisible. Il m'a expliqué que ce serait un gâteau cent pour cent chocolat recouvert d'un cercle de pâte d'amande blanche, sur lequel on inscrirait à la crème au chocolat, solidifiée, le texte de mon choix. Le tout pour cent-cinquante pesos.

J'ai sorti de ma poche le bout de papier où était écrit :

VOTEZ POUR MISTER BISOUS LE 6 JUIN

Je l'ai montré au patron, qui l'a lu une première fois, a levé les yeux pour me regarder longuement, l'a lu une deuxième fois et m'a demandé :

— C'est le texte que vous désirez sur le gâteau ?

— Oui, en crème au chocolat.

— Aucun problème, Monsieur, pour quand voulez-vous le gâteau ?

La question m'a un peu désarçonné :

— C'est que, lui ai-je dit, il m'en faudrait plusieurs.

— Dites-moi combien, Monsieur.

— Eh bien, je pensais à mille-deux-cents. Vous pensez que ça sera suffisant pour une campagne électorale ?

Le brave homme a été pris d'une violente crise de toux mais, signe de bonne éducation, il toussait dans son coude. Quand il a eu fini sa quinte, il m'a dit :

— Écoutez, Monsieur, je ne connais rien en campagne électorale, mais ce que je peux vous affirmer, c'est que je n'arriverai pas à vous préparer plus de douze gâteaux par jour, maximum.

J'ai toujours utilisé le calcul mental avec succès et brio, ce qui m'a permis de déterminer qu'entre la mi-janvier et le 6 juin, soit environ cent-dix jours, et à raison de douze gâteaux par jour, nous dépasserions mon objectif de mille-deux-cents.

— On va faire la chose suivante, lui ai-je dit, pour que vous ne vous sentiez pas surchargé de travail, je vous passe commande de onze gâteaux par jour, à compter du 15 janvier. Il est évident qu'avant ça il faut que vous soumettiez un échantillon à mon approbation.

— Il sera prêt demain, Monsieur.

— Affaire conclue, alors, topez là ! lui ai-je dit en tendant le bras.

Apparemment, il ne connaissait pas l'expression « topez là » parce qu'il est resté à regarder ma main avant de la serrer formellement.

Le jour suivant, je me suis présenté à midi pour voir et goûter l'échantillon. Le texte, plutôt le slogan, était parfaitement lisible et je suis parti tranquillement avec le gâteau. J'ai hésité à en faire cadeau à un couple qui m'a croisé avec un *Bonjour, Mister Bisous* des plus cordiaux. Mais heureusement que j'ai résisté à la tentation parce que, quand Jacqueline et moi y avons goûté, il était à se pourlécher les babines ! Au point que, quand elle est partie vers notre chambre pour sa sieste, je l'ai terminé tout seul. Je me suis même dit que ce serait une bonne idée de le faire pour dix personnes au lieu de six. Mais le patron de La Estación avait été bien clair : il ne pouvait pas dépasser une certaine quantité par jour. La seule solution... repousser la date des élections ! C'est avec cette idée en tête que j'ai pris la voiture pour me rendre à l'INE.

C'est le même fonctionnaire de l'État que la dernière fois qui m'a reçu.

— Bonjour, monsieur, m'a-t-il dit aimablement. Que puis-je faire pour vous ?

— Je voulais juste demander si, comme une faveur spéciale, on pouvait repousser la date des élections, disons... jusqu'à début septembre.

— Ouh là ! Je crains que cela ne soit très difficile, monsieur. C'est une organisation très compliquée et, pour ce faire, il faudrait que ce soit pour une raison très, très spéciale, extraordinaire même.

— Eh bien, je crois que ma requête remplit ces deux conditions. Il s'agit de distribuer des gâteaux au chocolat pour dix personnes au lieu de six, et vous comprendrez également qu'en augmentant la taille du gâteau, on augmente aussi le temps de préparation.

Le brave homme est resté silencieux en me fixant d'un air impénétrable. Il cherchait sûrement à me satisfaire sans trop bousculer les normes préétablies. Au bout de quelques secondes, il m'a dit :

— Je vais en parler à mes supérieurs, revenez dans quelques semaines.

J'ai noté que le « monsieur » dont il me gratifiait habituellement avait disparu, mais je ne suis pas allé chercher midi à quatorze heures ; il faut se garder de heurter un électeur en puissance, et celui-ci était bien plus que ça : après tous les échanges que nous avions eus, il était prêt à entrer dans ma liste des aficionados.

De retour à la maison, j'ai eu des doutes sur une éventuelle prorogation de la date des élections. Vous connaissez l'administration : quand une chose est décidée, rien ne pourra y changer. Du coup, j'ai pensé à quelque chose de très astucieux. *Vamos* pour les gâteaux au chocolat pour six, mais comme ils ne sont pas pour dix, Jacqueline et moi ajoutons une distribution gratuite de bisous ; ça compensera !

C'est beaucoup mieux que l'idée qui m'a effleuré hier au soir : offrir des petites bouteilles de mezcal avec une étiquette Mister Bisous. Je connais une distillerie, sur la route de Temascaltepec, où on me préparerait ces fillettes, mais l'idée des bisous me paraissait meilleure. C'était trop risqué avec le mezcal, on était sûr de voir un candidat de mon opposition diffuser des slogans malveillants, du genre :

Ils sont bourrés,
Ils vont voter
Mister Bisous, olé !

J'ai dû attendre une bonne heure pour que Jacqueline se réveille et que je puisse lui parler de mon idée des bisous. Ça ne lui a pas paru si génial.

— T'imagines la quantité de microbes qu'on va se taper, m'a-t-elle déclaré d'un ton solennel.

— Mais il ne s'agit pas d'embrasser les gens sur la bouche. Un bisou sur la joue, ou sur le front, quand on aura affaire à des enfants ou à des nains.

— Parce que tu pensais que je pouvais envisager d'embrasser des gens sur la bouche ? Excuse-moi, je n'en suis pas encore là. Mais même en embrassant sur la joue tu peux attraper n'importe quoi. En plus de ça, tu vas faire comment ? Tu vas les arrêter dans la rue en disant : *Ohé gente dame, gent damoiseau, vous voulez que je vous fasse un petit bisou ? Et de grâce votez pour moi comme seigneur de ce fief !*

— Roh, je ne suis pas un troubadour raté non

plus ! Mais si on modernise un peu le discours ; en gros, oui, ça serait un peu l'idée.

— Sans moi ! Tu commenceras ta distribution et on verra comment ça tourne avant que je m'y mette... Si je m'y mets.

— On fait comme ça, mon amour, et il n'y a pas le feu parce qu'on n'a pas encore les T-shirts. Pour l'instant, on se concentre sur Noël et le Nouvel An. Quel dommage qu'on ne pratique pas le judaïsme, on aurait pu ajouter Hanouka à la liste des festivités.

Jacqueline m'a regardé en souriant et m'a dit :

— Mon pauvre petit mari... il devient de plus en plus con. Si tu gagnes les élections, tu seras le plus grand crétin couronné au titre de Président municipal qu'on aura jamais vu à Valle !

J'adore l'humour de Jacqueline ! Je me suis pris un fou rire à en pleurer.

J'étais encore en train de glousser quand une voiture s'est arrêtée devant l'entrée. On était le 23 décembre, c'était sûrement un des enfants. Ce n'était pas une voiture, mais deux. La première était celle de Jérôme, qui avait été à l'aéroport chercher Lucía et Stéphane. Derrière venait celle de Sandrine qui arrivait de Cuernavaca. On s'est tous embrassés pendant que Galdino s'occupait des valises. J'ai proposé à Jérôme un verre de vin pendant que les autres allaient dans leurs chambres, mais Sandrine et Stéphane n'ont pas tardé à réapparaître. Ils se sont donc également servi un verre de vin et se sont assis sur les divans du petit salon télé. Il y a eu un long silence, comme ça arrive souvent quand on a beaucoup de choses à se raconter, et puis Jérôme a dit :

— *You start, Stéphane.*

Mes enfants parlent anglais entre eux. Nous sommes arrivés à Londres quand ils avaient, respectivement, sept, cinq et trois ans. Nous y sommes restés sept ans et, après, ils ont été dans une école anglaise à Mexico. Pour finir, ils sont tous les trois diplômés de grandes universités américaines. Voilà pourquoi ils utilisent la langue de Shakespeare entre eux. Mais attention, avec leur mère et moi, que du français !

— Papa, a commencé Stéphane, nous sommes sérieusement inquiets : depuis plusieurs semaines, tu agis comme si maman était toujours en vie. On doit malheureusement te rappeler qu'elle est morte. Depuis plus de deux ans ! Ton comportement nous préoccupe beaucoup...

— N'ayez pas peur, mes enfants. Moi aussi, j'ai eu ce passage à vide : je pensais que votre maman était morte ! Mais je m'étonne que vous soyez, tous les trois, dans cet état. C'est peut-être une maladie génétique... J'en suis navré. Et si ce n'est pas ça, j'espère que ce n'est pas moi qui vous ai mis cette idée dans la tête. Votre mère est bien vivante. On continue notre vie ici. On est très heureux tous les deux, tout va bien ! Jacqueline, tu peux venir une seconde s'il te plaît, tes enfants ont pété un plomb !

Nous avons attendu une bonne minute et, comme elle ne venait pas, je suis parti la chercher. Elle était devant son ordi en train de faire une réussite et je lui ai dit :

— Ma chérie, tu peux venir voir les enfants, s'il te plaît ? Ils sont devenus complètement mabouls... ils te croient morte.

— Je sais, ils me traitent comme si je n'existais pas. Jamais un bonjour, jamais un baiser...

— Eh ben, justement on va leur montrer qu'ils sont à côté de leurs pompes.

— Non, a-t-elle dit dans un soupir, s'ils croient que leur maman n'existe pas, je ne vais pas leur prouver le contraire. Je les adore, mais ils sont trop grands pour qu'on les oblige à quoi que ce soit. En plus, quand je suis avec eux et qu'ils m'ignorent totalement, ça me fait beaucoup de peine. Mets-toi à ma place.

J'ai réfléchi un bon moment et suis retourné au petit salon télé.

— Les enfants, votre maman est à son bureau et elle refuse de venir, elle dit que vous la traitez comme si elle n'était pas là. Elle me charge de vous dire qu'elle vous aime beaucoup, mais mettez-vous à sa place, bordel !

Aucun des trois n'osait parler et c'est Sandrine qui a finalement rompu le silence :

— Papa, tu permets que j'aille parler avec les garçons ?

— Bien sûr, ma petite chérie, prends ton temps.

Ils sont sortis et j'ai pensé qu'ils étaient allés dans notre bureau pour bavarder avec leur mère. Cependant, très peu de temps après, j'ai entendu le bruit d'une conversation provenant de la salle à manger. J'étais trop loin pour comprendre. Pour me changer les idées de toute cette tension, j'ai allumé la télé pour regarder les dessins animés. J'en ai trouvé un, en français, que je n'ai malheureusement pas bien compris, parce que j'avais raté le début. C'était une histoire de petits ours coquins, très sympas, mais j'en suis resté là, je ne comprenais pas l'histoire. Mes enfants sont revenus au salon au moment où papa et maman ours arrivaient.

Jérôme avait sa *poker face*. Il s'est penché pour voir l'écran, a haussé les épaules et a attrapé la télécommande pour l'éteindre, sans même me demander mon avis, avant d'aller se vautrer sur un des canapés.

— Papa, a commencé Sandrine qui s'était assise sur un bout du même canapé, nous avons beaucoup réfléchi à ce que tu viens de nous dire, on en a discuté et on croit que la meilleure solution, c'est que tu continues à penser que maman est vivante, parce qu'on voit que ça te rend très heureux. Mais nous, on continuera à la croire morte.

— Tu sais comment Freud appellerait ça ?

— Un acte manqué, a interrompu Jérôme qui, en plus d'être pilote, a une licence en psychologie de la Denver University. Sauf que nous, nous aimons beaucoup notre maman et il ne s'agit pas de la VOULOIR morte. Elle EST morte, c'est tout. Il y a eu des funérailles, une messe, tout ce que tu veux...

— Mais bordel ! Moi aussi, j'ai cru ça pendant longtemps. Néanmoins, voyons les choses en face : les funérailles, par exemple, ton oncle Jacques y a assisté ?

— Pas que je m'en souvienne.

— Pourtant, c'est le seul frère de ta mère. Tu ne crois pas qu'il y aurait assisté si elle était vraiment morte ? Supposons que Sandrine meure demain, tu n'assisterais pas aux obsèques ?

— J'habite pas au Canada...

— *Bullshit* !

— Vous n'allez pas m'enterrer demain, bande d'enfoirés ! a murmuré Sandrine.

On l'a tous entendue et ça nous a fait rire. Il nous fallait bien ça pour mettre un point final à la discussion, mais, en ma qualité de *pater familias*, c'était à moi de le faire.

— Bon, les enfants, on va faire ce que vient de proposer Sandrine, mais, si vous aimez vraiment votre maman, comme vous venez de le dire, soyez gentils avec elle. Répondez quand elle vous parle, et un petit baiser de temps en temps, ça ne fera de mal à personne.

— On est repartis comme en quatorze, a dit Jérôme, mais pour en finir, une bonne fois pour toutes, on a quelque chose à te demander. Vas-y, Stéphane.

— Voilà, a enchaîné l'aîné. Il y a un truc qu'il faudrait ne plus refaire. De temps en temps, tu as un comportement bizarre au jardin et on m'a aussi dit que tu vas candidater aux élections municipales sous un pseudonyme farfelu. Il faudrait que ça s'arrête.

— Ne vous inquiétez pas, ai-je menti, ça n'arrivera plus et, pour vous rassurer, je vais engager un avocat qui se chargera personnellement de toute la procédure administrative : constitution d'une association, enregistrement de ma candidature, enfin toutes les merdes qui font parties des exigences gouvernementales.

— Tu vas engager qui ? m'a demandé Jérôme.

— Tu ne le connais pas, mais c'est presque un ami. On s'est murgés plusieurs fois ici même.

— Un poivrot ?

— Mais non ! C'est le meilleur avocat entre ici et Toluca. En plus il a travaillé, et continue peut-être, pour la mairie, si bien qu'il m'évitera de faire des conneries.

Là-dessus, je me suis levé pour embrasser chacun de mes enfants. À part leur petit problème mental actuel, ce sont des gamins exemplaires.

16.

Le consensus trouvé nous a permis de passer les fêtes tranquillement, à part quelques menus incidents. Le plus notable a eu lieu pendant la remise des cadeaux de Noël ; j'étais le seul à avoir pensé à Jacqueline. Les enfants ont dû se sentir mal à l'aise, parce que leurs cadeaux venaient de nous deux. Pour Sandrine, une poupée Barbie avec plusieurs tenues, dont un uniforme de l'Arsenal et un mini ballon rond en cuir, comme dans les années soixante-dix et, pour Jérôme un costume de cow-boy et deux pistolets. Stéphane, l'aîné, a eu droit à un missel et à une soutane parce qu'il s'intéresse depuis peu aux dogmes et croyances relatifs à la divinité. On lui avait aussi mis, cerise sur le gâteau, une caisse de vin rouge du Nouveau Monde qu'il pourrait partager avec ses coreligionnaires à l'occasion de leurs cérémonies dominicales. Pour nos belles-filles, nous avions choisi un joli ruban bleu qui rehausserait leurs coiffures les jours de fête.

Ils sont repartis le 27 décembre, ce qui nous a permis, à Jacqueline et à moi, de passer une nouvelle lune de miel à la maison. L'occasion ne s'était pas présentée en vingt-six mois, j'en ai donc pleinement profité, dans la plus parfaite des extases. Qui aurait pensé, il y a deux ans, que de tels moments de bonheur allaient se reproduire ? Je lui ai apporté des fleurs tous les jours et, de temps en temps, des friandises... que je finissais toujours par me taper car Jacqueline n'est pas gourmande. C'est donc tout naturellement que je me sacrifiais pour les finir et pour surtout ne pas gâcher de la nourriture.

Fin des vacances après le jour des Rois. Je suis donc parti à la recherche de l'ami Victor, l'irréprochable avocat.

Après moult accolades, je l'ai mis au courant de mes ambitions politiques et, immédiatement, j'ai su qu'il me serait d'une grande aide. On aurait dit qu'il avait passé sa vie à guider des débutants comme moi. Nous avons étudié en détail les démarches qu'il allait entreprendre et il m'a assuré que, de mon côté, je pouvais commencer ma pré-campagne électorale. Nous avons également abordé le sujet de ses honoraires et, connaissant ses goûts, je me suis lancé dans d'âpres négociations qui ont réduit de moitié le montant initial qu'il m'avait indiqué. Bien sûr, ce n'était que des pacotilles pour moi, mais j'ai préféré garder cette information pour moi, voulant éviter de marchander. De retour à la maison, je me suis empressé de raconter à Jacqueline mes succès avec le bon Victor et je lui ai demandé si, vraiment, elle ne voulait pas m'accompagner dans la rue pour commencer la distribution de bisous, même si nous n'avions pas encore reçu les T-shirts.

— Non, m'a-t-elle répondu, je préfère que tu y ailles d'abord tout seul et je verrai après si je participe ou non.

— Mais au moins tu viendras avec moi au jardin pour attirer le plus d'électeurs possible depuis notre banc, non ?

Elle a acquiescé et, le lendemain matin, nous nous sommes installés sur notre nid d'amour. J'ai commencé à embrasser Jacqueline et, très vite, des piétons se sont approchés en souriant. Quand ma petite femme adorée a considéré que le public était assez nombreux, elle s'est levée en me disant :

— Maintenant je te laisse pour que tu démarres la distribution de bisous. Moi, je vais rester sous les arcades, en face de la papeterie pour voir comment tu t'en sors.

Je me suis levé, moi aussi, provoquant une salve d'applaudissements et de félicitations et suis sorti du jardin. Pas mal de gens me suivaient.

Un jeune homme, la vingtaine sportive, venait vers moi, alors je me suis arrêté, face à lui.

— Un bisou de Mister Bisous ? ai-je proposé.

— Hein ? C'est qui, ce Mister Bisous ?

— Moi-même, jeune homme.

Il m'a repoussé, sans considération pour mon âge, en vociférant :

— Casse-toi de là, vieux pédé, si tu ne veux pas te faire fracasser !

Ce n'était pas un bon début, mais mes amis connaissent mes capacités de résilience et, justement, un homme d'un âge certain approchait.

Je suis allé à sa rencontre, décidé à changer ma façon d'aborder l'électorat.

— Monsieur, lui ai-je dit, je suis Mister Bisous, candidat aux prochaines élections de Président municipal de Valle de Bravo. Aimeriez-vous que je vous fasse un bisou gratuit pour vous inciter à voter pour moi ?

Celui-là aussi m'a repoussé et il m'a insulté :

— Vieux dégueulasse, va niquer ta mère !

Là-dessus, Jacqueline a traversé la rue pour me rejoindre, au même moment où l'un de mes admirateurs descendait les trois marches du jardin pour me donner un conseil :

— Écoutez, Mister Bisous, on va vous traiter de vieille pédale irrécupérable si vous continuez d'essayer d'embrasser des hommes. Essayez plutôt avec la gente féminine, pour voir comment ça marche. Et amenez votre épouse ou votre fille pour s'occuper de la gente masculine.

Jacqueline me tirait par le bras pour partir, mais j'ai voulu répondre à ce brave homme.

— Regardez, je viens d'entrer en pré-campagne pour les élections municipales du 6 juin, et le bisou fait partie des petits plus dont je dispose pour mes supporters, toutefois, je crois que nous allons changer de stratégie. Dans quelques jours, nous aurons un stand et nous y distribuerons des T-shirts gratuits. Je vous en réserve un, taille L.

— Excellente idée, Mister Bisous ! et il a pris congé avec une tape amicale dans le dos.

— Tu vois, m'a dit Jacqueline pendant que

mon admirateur s'éloignait, ce n'est pas une bonne idée de distribuer des bisous dans la rue. Tu as eu de la chance de ne pas te faire casser la figure.

— Oui, mon amour, mais ne t'en fais pas pour ma tronche, je peux en éclater quelques-unes avant qu'on ne détruise la mienne. N'oublie pas que tu es mariée avec un sanglier.

Et comme c'était l'heure de déjeuner, j'ai proposé de passer au Soleado, mon restaurant préféré de Valle maintenant que Mi Quelite n'existe plus.

— Je n'ai pas faim, a dit Jacqueline.

— Il faut que tu manges quelque chose, et je suis parti vers l'escalier.

Comme d'habitude, j'ai commandé des moules, pour une seule personne, et des profiteroles pour deux, au cas où l'appétit de Jacqueline s'ouvrirait à nouveau. Dans le cas contraire, je me taperais les deux portions. Elles sont délicieuses.

On pourrait se demander si je ne prends pas du poids à force d'ingurgiter de telles quantités de douceurs, et la réponse est affirmative. Mais tant que j'ai deux ou trois pantalons qui ferment, je ne pense pas modifier mon alimentation. À quatre-vingt-deux ans révolus, on ne soigne pas autant qu'avant son apparence physique.

De retour à la maison, Jacqueline est allée directement faire la sieste. Elle n'a même pas voulu regarder la petite portion de profiteroles qui lui restait. « Tant pis, ai-je pensé, on ne peut pas forcer les gens à manger s'ils n'ont pas faim. » Je n'avais pas tellement faim moi-même, mais c'est péché de gâcher.

Une fois le sixième chou englouti, je me suis souvenu qu'onze gâteaux au chocolat m'attendaient à La Estación. Les jours devenaient trop courts.

J'ai couru à mon dressing, en faisant attention à ne pas réveiller Jacqueline, pour sortir de ma cachette secrète les six-mille-cent-cinquante pesos qu'allait me coûter ma visite à La Estación.

Je me suis garé juste devant la pâtisserie et j'y suis entré à toute vitesse. Heureusement le patron n'était pas là, ce qui m'a épargné quelques minutes de conversation et j'ai demandé à l'employée de m'apporter ma commande. Elle a vu que je venais sans sac et a eu la magnifique idée d'empiler les gâteaux sur environ un mètre dix. J'ai pu les charger sans difficulté en prenant à deux mains le gâteau du bas et en appuyant la pile contre mon torse. Outre la manifestation d'intelligence dont elle venait de faire preuve, elle m'a ensuite montré qu'elle ne manquait pas non plus de sens pratique en m'ouvrant la porte, ce qui m'a permis de sortir dans la rue sans devoir me contorsionner.

Je n'avais pas fait un demi-bloc, laissant ma voiture derrière moi, quand j'ai été dépassé par un homme qui s'est retourné en disant :

— Eh bien, Mister Bisous, vous allez manger tout ça ?

— Prenez-en un à déguster ce soir avec votre petite famille !

— Vraiment ? Mais pourquoi ?

— Ça fait partie de ma campagne et je vous invite à voter pour moi le 6 juin.

— Ouah ! Merci beaucoup, Mister Bisous, vous pouvez compter sur mon vote.

— On va aussi donner des T-shirts et des bisous, si vous attendez quelques jours.

— Super pour le T-shirt, mais pour les bisous, je passe.

Et il est reparti, beaucoup plus vite que moi.

Je suis allé me placer en face de Banorte et HSBC pour offrir les dix gâteaux restants à des passants. Au début, l'affaire a été un peu difficile parce que j'avais du mal à parler, au-dessus de ma pile. En plus de ça, les gens, et les femmes en particulier, avaient l'air de s'effaroucher face à un octogénaire qui leur offrait un gâteau. Pourtant, petit à petit, quelques-uns et quelques-unes ne se dégonflèrent pas et, au bout d'une heure, ma provision du jour a été réduite à une seule pièce. J'ai décidé de la rapporter à la maison pour faire passer ce goût de profiteroles que j'avais toujours dans la bouche. Évidemment, chaque fois que quelqu'un m'avait pris un gâteau, je lui avais rappelé de voter pour moi le 6 juin, comme le disait le texte à la crème au chocolat. Beaucoup m'ont demandé si je m'appelais vraiment Mister Bisous et j'ai dû préciser, chaque fois, qu'il s'agissait d'un surnom.

Quand je suis rentré à la maison, Jacqueline était toujours endormie, et je me suis glissé délicatement à côté d'elle pour faire baisser un peu les tensions de la journée. J'avais les nerfs en pelote.

Au bout de quelques minutes, elle a cherché ma main en demandant :

— Tu dors ?

— Non, et toi ?

— Non plus.

Ouf ! Ma tension est redescendue un peu en apprenant qu'elle ne dormait pas. Je n'aurais pas voulu avoir des hallucinations auditives au moment même où ma santé mentale se portait mieux.

— J'étais en train de penser, a dit Jacqueline.

— Bravo, mon amour.

— Et je crois que c'est une mauvaise idée de distribuer des bisous pendant cette époque de pandémie.

— De quoi ?

— De pandémie.

— Excuse-moi, ma chérie, je ne connais pas ce mot.

— Oh ! Arrête tes conneries ! Tu ne connais pas ce mot qu'on entend à longueur de journée à la télé ?

— Tu sais qu'à la télé je ne regarde que des dessins animés ou les séries de Netflix, et je t'assure que même dans *The Crown*, qui est un petit chef-d'œuvre, ils n'utilisent jamais ce mot.

Je l'ai entendue soupirer et elle s'est levée pour aller ouvrir les rideaux.

« Putain ! j'ai pensé, ça va chier pour mon matricule. » Mais pas du tout, elle est venue s'asseoir à côté de moi et m'a pris la main.

— Bon, on va éduquer le petit. Tu sais ce que c'est qu'une épidémie ?

— Ben, bien sûr ! C'est l'apparition d'un grand nombre de cas d'une même maladie dans une région déterminée.

— Bravo, mon bébé ! Eh bien, une pandémie, c'est la même chose, sauf que la maladie se répand dans le monde entier.

— Ouah ! Ça doit être la merde ! Mais qu'est-ce que ça a à voir avec notre distribution de bisous ?

— Ça a tout à voir. Depuis un an, il y a une pandémie de Covid-19 et, avant que tu m'interrompes, laisse-moi te dire que le Covid-19 est un virus qui attaque principalement les poumons et arrive à être mortel. Il y a déjà plusieurs millions de morts dans le monde à cause de ce virus.

— Mais, ça fait rien, moi, je ne suis pas malade, je peux embrasser n'importe qui.

— Sauf que, si tu embrasses un malade, il peut te contaminer.

— Eh ben, dans ce cas, qu'il aille se faire enculer !

— D'accord, mais pendant qu'il fait ça, toi, tu vas tomber malade et tu peux contaminer les autres. Comment est-ce que tu n'as pas pu en entendre parler ? Les hôpitaux sont pleins à craquer...

— Les hôpitaux ? Ça ne serait pas une maladie de pauvres, par hasard ? D'après Jérôme, j'ai pas mal de fric dans une banque américaine et je peux entrer dans une clinique privée.

— Hôpitaux, cliniques, tout est plein. Je n'arrive pas à croire que tu ne sois pas au courant. Tu n'as pas vu les gens dans la rue avec des masques sur le nez et la bouche.

— Ah ! Ces petits masques ! Bien sûr que je les ai vus, mais je pensais que c'était pour arrêter de dire des conneries. Une mesure qu'on aurait dû prendre il y a belle lurette.

— En fait, ils sont très utiles pour freiner la contamination.

— Attends, attends ! Pour ma campagne, on va distribuer gratuitement ces petits masques ! Ils se fabriquent à Valle ? Je vois déjà comment les dessiner, viens avec moi, je vais te montrer le modèle.

Et je suis allé me mettre à mon ordi, où j'ai écrit :

Votez pour Mister

le 6 juin

— Tu vois, les bisous viennent juste à hauteur de la bouche et il reste toute la place pour le reste. Ils vont se battre pour les avoir.

— Oui, c'est une bonne idée et il y a une boutique qui les fabrique, juste en face d'Animamundi, à côté de l'IFE.

— Non, mon amour, l'IFE, qui est maintenant l'INE, est plus loin sur l'avenida Toluca. Et, à propos, tu sais pourquoi ils ont changé le nom pour INE ?

— Pas la moindre idée.

— Eh bien, si tu as l'occasion de t'informer, ça m'intéresse beaucoup. Je ne sais pas si c'est pour des raisons administratives ou politiques. Ça vaut la peine de faire des recherches.

17.

Le lendemain, je suis retourné voir Thomas, le type des affiches, mais il fallait d'abord que je consulte Victor pour savoir si je pouvais installer lesdites affiches. Il m'a donné son feu vert, non sans, avant et après, me saluer amicalement.

— Je vous attendais, Monsieur, m'a dit l'imprimeur quand je suis entré dans son atelier, votre commande est prête.

Je me suis rappelé, à ce moment-là, que je n'avais pas pris mon petit calepin pour dûment y enregistrer la dépense. Ce sont des détails qui échappent à tout le monde, mais heureusement, dans le cas présent, je pourrais corriger mon erreur, à peine rentré à la maison.

Pendant que je me livrais à cette tâche, Thomas avait déplié sur la table mon affiche préférée, celle qui devrait dire + DE SOUS AVEC MISTER BISOUS.

Le jeu des couleurs était irréprochable et je crois que beaucoup d'artistes auraient aimé un succès similaire, néanmoins, il y avait une erreur grossière que j'ai immédiatement fait remarquer au patron de l'atelier :

— Thomas, les couleurs, impeccables, mais j'ai peur que vous n'ayez écrit le texte à l'envers.

— Comment ça, à l'envers ?

— Oui. Vous ne voyez pas que toutes les lettres sont inversées ?

Thomas m'a regardé droit dans les yeux pendant quelques secondes avec l'air surpris, puis m'a proposé de me mettre du même côté de la table que lui. J'ai suivi son offre en allant m'asseoir près de lui, et de là, il avait raison, on lisait parfaitement :

+ DE SOUS AVEC MISTER BISOUS

— Parfait, lui ai-je dit, mais maintenant il faut voir comment on va les pendre, je ne voudrais pas que mes électeurs aient besoin d'aller en Australie pour bien les lire.

Il m'a de nouveau regardé, l'œil vide.

— Vous n'avez qu'à les pendre comme ça, et, disant cela, il a attrapé la pancarte par en haut.

Il avait encore parfaitement raison. On pouvait lire le texte à la perfection. J'ai alors pensé à autre chose :

— Vous ne connaîtriez pas, par hasard, des gens de toute confiance qui sachent accrocher des affiches... à Valle de Bravo.

— Bien sûr que si, Monsieur, beaucoup de mes clients font appel aux frères Dante.

— Comme le poète ?

— À ma connaissance, je n'ai aucun client poète. Quoi qu'il en soit, les frères Dante sont très recommandables. Si vous voulez, je vous marque leur téléphone sur le reçu que je vais vous donner.

« Pas folle la guêpe Thomas, ai-je pensé, il ne veut pas que je parte sans payer. »

Pour lui montrer que j'étais un client fiable, j'ai compté, face à lui, les liasses de billets récemment extraites de mon coffre-fort secret.

Thomas m'a donné le reçu promis, où il a inscrit le téléphone des frères Dante, et j'en ai profité pour les appeler immédiatement. Je suis tombé sur un des deux et lui ai donné rendez-vous pour cet après-midi même, où je lui expliquerais le travail à faire.

Finalement, on a chargé les affiches dans ma voiture et j'ai pu aller retrouver Jacqueline.

Elle était assise à son Mac, en train de faire une réussite et je me suis précipité pour la couvrir de baisers. Ça faisait des heures que j'en avais envie.

Elle m'a demandé où j'étais passé, ce qui m'a donné une excellente raison de l'amener voir les affiches.

Elle m'a félicité pour mon habileté à obtenir un tel succès esthétique, mais s'est un peu inquiétée pour ma charge de travail.

— Dis donc, avec les gâteaux, les pancartes, les T-shirts, les masques... Tu crois que tu vas pouvoir t'organiser ?

— Bien sûr que oui, mon amour. Mon deuxième surnom, après Mister Bisous, c'est Mister Org. Tu vas voir que tout sera prêt pour le 6 juin.

— Il faut qu'on trouve un stand, on n'a pas de vieille table, ni aucune nappe qu'on pourrait utiliser.

— Ah, oui, c'est vrai ! J'avais complètement oublié ça. Les jours devraient avoir quarante-huit heures au lieu de vingt-huit. Je vais dire à Galdino qu'il s'en occupe !

On s'est mis à table, pour déjeuner, d'assez bonne heure et on n'a pas tardé à finir parce que le repas se limitait à une petite salade niçoise.

Heureusement, j'ai pu compléter ça avec un petit pot de crème, comme d'habitude, assortie de truffettes au chocolat.

Très ponctuels, les frères Dante. Ils se sont présentés à quatre heures et ont eu l'obligeance de me décliner leurs prénoms : Juan et Miguel, pour que je puisse m'adresser à eux correctement.

Je leur ai d'abord montré les affiches et, après, un cahier rayé, format à l'italienne où j'avais marqué tous les endroits où ils devraient pendre les affiches. Je leur ai aussi expliqué que nous avions marqué au feutre les anneaux où ils devraient passer les cordons pour obtenir une vue agréable et, surtout, lisible depuis le trottoir.

Ils se sont écartés un peu et c'est finalement Juan, ou Miguel, qui m'a présenté leur devis. J'ai observé le document consciencieusement et puis, considérant que la profession d'accrocheur d'affiches est des plus respectables, je l'ai accepté sans marchander. Les frères Dante ont ajouté qu'ils commenceraient à travailler le lendemain et que le travail serait terminé sous huitaine « si Dieu le veut ». Je suis allé sur Google pour chercher, en vain, un dieu des affiches à qui je pourrais envoyer une offrande afin que tout se passe bien. Ce que j'ai trouvé de plus proche a été saint Martin de Tours qui coupa avec son épée, en deux parties égales, non pas son affiche, mais son manteau, pour en donner la moitié à un mendiant qui grelottait de froid, vu que c'était l'hiver. Mais cette histoire ne m'apportait aucune garantie que le respectable saint Martin pourrait assurer la bonne fin de mon projet, si bien que j'ai arrêté là les recherches et me suis remis entre les mains de Juan et Miguel.

Juste quand les frères Dante s'en allaient, Jacqueline est sortie, attirée par le bruit, mais ils n'eurent pas le temps de la voir.

— Qui c'était ? m'a-t-elle demandé.

— Les frères Dante, qui n'ont rien à voir avec le poète, mais sont spécialisés dans la pendaison d'affiches.

— Quand pourrons-nous nous promener au village en jouissant de la vue de Mister Bisous, pendu aux arbres ? m'a-t-elle demandé en riant.

— Demain, je t'invite à voir la première, à la hauteur de Banorte… mais, dis donc, il faut que j'aille distribuer les gâteaux, il est déjà cinq heures. Je te dis que les vingt-huit heures d'une journée ne me suffisent plus.

18.

Cette nuit-là, j'ai mal dormi parce que j'ai fait un cauchemar à répétition où l'IFE et l'INE n'existaient plus et avaient été remplacés par une nouvelle organisation appelée l'IFNE d'où sortaient des petits monstres verts à tête de politiciens.

Mon réveil m'a sorti de cette torpeur et j'ai tenté de me souvenir des obligations du jour. Les hallucinations nocturnes avaient embrouillé mes idées au point que j'ai dû me résoudre à noter les tâches quotidiennes sur un petit bloc-notes.

J'étais en train de glisser dans ma poche la liste soigneusement pliée quand Jacqueline est apparue :

— Dis donc, tu n'as pas oublié de commander les masques ?

— Bien sûr que non !

J'ai ressorti le petit papier de ma poche pour ajouter en bas de page : « Commander des masques ».

— Mon amour, tu veux qu'on s'en occupe ensemble ? On pourra, au passage, jeter un coup d'œil sur l'affiche en face de Banorte et HSBC.

— Absolument. Et prendre les gâteaux s'ils sont prêts.

— Non, je préfère les donner quand j'aurai mis mon T-shirt de Monsieur Bisous.

— OK, on passera aussi par la boutique, c'est sur le chemin.

Le parking d'HSBC offrait la vue idéale sur l'affiche et je dois reconnaître que le résultat était encore mieux que celui escompté. C'était un spectacle de première classe. Je n'ai pu réfréner l'envie de prendre plusieurs photos pour la postérité, phénomène qui a attiré l'attention de quelques passants qui se mirent à m'imiter. J'ai remarqué avec joie que j'avais fait un pas de plus vers l'élection. Pour obtenir un cliché de campagne digne de ce nom, j'ai même eu l'idée de proposer à une dame de poser sous l'affiche. Elle m'a regardé comme si j'avais proféré une obscénité et je lui ai montré du doigt Jacqueline, pour tenter de la rassurer :

— Ne vous inquiétez pas, je suis avec mon épouse.

Elle a vite rangé son téléphone et s'est précipitée vers l'entrée de Banorte ; j'ai du mal à comprendre la gent féminine.

Nous sommes retournés vers la voiture et avons conduit jusqu'à l'arrêt suivant. Il était temps de récupérer les fameux T-shirts.

Mme Clara, la patronne, nous a accueilli cordialement :

— Quelle coïncidence, on vient juste de me livrer votre commande de l'usine.

Une brève inspection nous a permis de juger que la livraison correspondait exactement à la commande. J'ai vite quitté ma chemise pour enfiler un article taille M, mais j'ai finalement opté pour la taille supérieure. Les plis autour du ventre, bien qu'agréables, ne sont pas le choix optimal pour vous mettre en valeur.

— Qu'en penses-tu ma chérie ? ai-je demandé à Jacqueline.

— Vous dites ? demanda Mme Clara, qui nous tournait le dos depuis deux minutes.

— Non, rien, je parlais à ma femme.

Elle a regardé furtivement derrière son épaule avant de se retourner vers nous.

— Je peux vous offrir quelque chose d'autre ? a-t-elle demandé, comme si elle avait hâte de nous voir partir.

— Non, juste des sacs pour tout transporter. Si vous voulez, je vous prépare un chèque pour le solde puisque j'ai noté dans mon calepin vous avoir donné une avance de moitié.

J'ai « émis » le chèque, comme disent les banquiers, et l'ai laissé sur le comptoir pendant que Mme Clara emplissait des sacs et des sacs de T-shirts.

Je n'ai même pas compté, il y en avait trop mais les douze voyages à la voiture m'ont permis de conclure que le compte était bon.

— Tu ne veux pas en essayer un, maintenant que nous sommes dans l'intimité de la voiture ? ai-je demandé à ma bien-aimée.

— Non, je le ferai à la maison ! J'ai des doutes sur le choix de la taille... Allons plutôt à la boutique de masques en face d'Animamundi.

Retourner sur les lieux de l'IFE m'a brièvement replongé dans mon cauchemar, mais je suis arrivé à me convaincre qu'il était impossible que des petits monstres verts sortent d'un immeuble désaffecté.

Jacqueline m'a conduit vers une boutique

dont la patronne, Mme Eulalia, nous a confirmé sa pleine capacité à fabriquer des masques. Pour corroborer son propos, elle nous a montré plusieurs échantillons.

— Vous désirez un modèle existant ou vous avez quelque chose de spécial en tête ?

— Je veux un modèle très précis. Regardez ce dessin. Les bisous doivent couvrir la bouche et le texte se répartir sur le reste du tissu.

— Hum, ça ne sera pas facile à copier mais je ne dis pas que ce soit impossible. Et pour le tissu ?

— Lequel sera le mieux, à ton avis ? ai-je demandé à Jacqueline.

— Celui en toile double est très solide, répondit Mme Eulalia.

— Excusez-moi, je parlais à ma femme. Qu'est-ce que tu en penses, ma chérie ?

— Eh bien, oui, la toile double m'a l'air très bien.

Il y eut un long silence.

— Vous avez fait votre choix ? demanda finalement Mme Eulalia.

— Vous n'avez pas entendu ma femme ? La toile double.

Elle plissa les yeux au point de paraître asiatique.

— Très bien, très bien. Et combien en voulez-vous ?

— Nous pensions à mille-deux-cents, mais ça dépendra du prix, bien sûr.

Elle plissa encore plus ses yeux qui semblaient prêts à disparaître.

— Avec le dessin, ça vous coûtera cent-vingt-cinq pesos pièce, marmonna Mme Eulalia.

Le prix me paraissait raisonnable et je n'avais pas l'intention de marchander, quand une idée me traversa l'esprit.

— Vous acceptez un paiement en francs belges ?

— En quoi ? Non, non, désolée. Ici, on accepte uniquement les pesos... et en cash.

Son refus péremptoire m'a déçu. Par le passé, cette demande se révélait toujours fructueuse et m'offrait quelques économies grâce au jeu sur le taux de change.

— C'est d'accord, paiement en pesos. Délai de livraison ?

— Vous êtes très pressé ?

— Évidemment, les élections sont presque là.

— Samedi prochain, ça vous irait ?

— Vous ne pourriez pas vendredi ?

Cette envie de marchander...

— Si, c'est faisable. Vous allez me laisser une avance ?

— Je n'ai que des francs belges sur moi. À moins que vous ne préfériez un chèque ?

— Non, je préfère du cash.

J'ai sorti des liasses de billets de ma poche et ai pris soin de séparer les francs belges des autres devises en ma possession : dollars canadiens, marks allemands, quelques livres sterling...

— Voilà pour vous : cent-mille francs belges, soit un peu plus de soixante-dix-mille pesos. Vendredi prochain, il me restera à vous régler un solde de quatre-vingt-mille pesos : cent-vingt-cinq par mille-deux-cents, moins soixante-dix-mille, j'arrondis en votre faveur.

Mme Eulalia n'avait pas mon habileté innée pour le calcul mental et a dû faire appel à sa calculatrice avant d'accepter le solde.

— Oui, m'a-t-elle dit, vous me devez encore quatre-vingt-mille pesos. Mais pas de francs belges, et en cash, s'il vous plaît.

Nous avons courtoisement pris congé et, à peine montés dans la voiture, j'ai éclaté de rire.

— J'ai baisé la Mme Eulalia de presque dix-mille pesos, ai-je dit à Jacqueline...

— Très bien. Mais qu'est-ce que tu fous avec toutes ces devises en poche ?

— C'est pour un futur voyage dans ces pays, mon amour ! J'ai aussi un paquet d'euros à la maison, mais pas de roubles : la Russie ne me dit rien qui vaille.

Un sourire exquis aux lèvres, elle m'a répondu :

— L'intention est bonne, mais tu sais que je n'aime pas beaucoup quitter la maison. Pour en revenir aux masques, tu as vu les prix de ceux qui sont en vente ? Entre trente et quarante pesos.

— Non, non, non, les nôtres sont beaucoup plus sophistiqués et demandent beaucoup plus de travail que les siens. De toute façon, ce sont des frais destinés à mon petit calepin. À peine élu, je les récupère !

— Tu comptes toujours voler la municipalité après les élections ?

— Comment ça ? Non, ma chérie. Comment t'ôter tes doutes ? Ce sera une indemnisation si on veut. Sans cette possibilité, personne ne se présenterait aux élections. Et je ne vais pas prendre n'importe quoi ; tout est enregistré avec méthode et je ne récupérerai pas un sou de plus. D'ailleurs, n'oublie pas de me fournir les frais occasionnés par ta candidature.

— Ah, oui ? Quel genre de frais ? Donner à manger à mon mari tous les jours ? Prendre un petit whisky avec lui le soir ?

— Bien sûr que non, ma chérie ! Ça, ce serait du vol ! Non, je pensais plutôt à tes achats vestimentaires pour les événements officiels. Nous devons rester irréprochables en ce qui concerne l'usage des fonds du Trésor public, mais il ne faut pas non plus qu'on se ruine en apparitions en faveur du peuple. Tu crois qu'on a encore le temps de passer pour les gâteaux ?

— Il est déjà deux heures et demie, je préfère qu'on aille déjeuner à la maison. Tu iras les chercher et les distribuer pendant que ta petite femme fait sa sieste.

Nous avons appliqué le programme à la lettre, à l'exception de la venue de Galdino. Il me fallait lui expliquer l'importance du stand destiné à exposer mes cadeaux de campagne. J'avais conservé une affiche avec le slogan suivant :

TU AIMES LES GROS SOUS ?
TU AIMERAS MISTER BISOUS

J'ai montré à Galdino comment l'enrouler autour de la table afin que le texte soit parfaitement lisible.

— Il nous faudra deux chaises en plus, ai-je ajouté. Si possible, celle de Madame un peu plus haute que la mienne pour ne pas gâcher la lecture.

Ce brave Galdino ne s'était probablement pas rendu compte que la table serait haute, parce qu'il m'a regardé en arborant des sourcils froncés, sans doute subjugué par mon intelligence.

19.

La semaine suivante a été plus reposante pour moi, avec pour seule obligation quotidienne la distribution des gâteaux. Je dois d'ailleurs admettre que cette odeur permanente et insidieuse de chocolat commençait à m'écœurer. Surtout quand je portais la pile des onze paquets, j'étais assailli par une nausée que je ne souhaiterais pas à mon pire ennemi.

Ce repos passager m'a permis de bavarder plus souvent avec Jacqueline, de l'interroger sur ses souhaits et, bien entendu, de la couvrir de baisers chaque fois que je pouvais. Mais « tout a une fin » comme dirait l'autre, même un repos politique, et je me suis remis au travail avec entrain au vu des succès de mes opérations de campagne. Je n'avais aucune raison de ne pas gagner cette prochaine élection.

Comme on devait nous livrer notre stand le samedi, je suis allé chercher les petits masques le vendredi. Parfaitement ponctuelle, Mme Eulalia m'a livré les mille-deux-cents unités et j'allais les emporter, non sans lui avoir réglé, au préalable, le solde de quatre-vingt-mille pesos en cash, quand elle m'a dit :

— Dites-moi, Monsieur, qu'est-ce que je fais de ces billets que vous m'avez donnés l'autre jour, comme avance ?

Et là, il m'est venu une idée géniale.

— Ouille, ouille, ouille ! Madame Eulalia, vous ne les avez pas encore changés ?

— Ben, non, je les ai là, derrière, dans un de mes tiroirs.

— Mais, madame Eulalia, le franc belge a été dévalué avant-hier, lui ai-je menti. On ne parle que de ça aux nouvelles. Et ce n'est pas une petite dévaluation, c'est de l'ordre de vingt-cinq pour cent.

— Mon Dieu ! Et maintenant, qu'est-ce que je vais en faire ?

— Je vous conseille un agent de change... Ou, si vous voulez, je vous les rachète. Mais au cours actuel.

— J'ai pas idée de ce qu'est un agent de change. Mais vous, combien vous m'en donneriez ?

J'ai sorti mon téléphone et pris mon temps, semblant chercher une information.

— Ah voilà ! ai-je dit à la fin. Au moment où nous parlons, le franc belge vaut 0,4990 peso. Combien je vous en ai donnés ? Cent-mille, non ?

— Laissez-moi aller les chercher.

Elle est sortie par la porte du fond et je l'ai vue revenir, comptant ma liasse de l'autre jour. Au bout d'un moment elle a dit :

— Alors, ce sont des billets de cent et il y en a mille. Donc cent-mille, comme vous avez dit. Je vais calculer combien ça fait à 0,4990 peso pour un franc.

Elle s'est trompé plusieurs fois avant de me dire :

— Moi, j'arrive à quarante-neuf-mille-neuf-cents pesos.

Je lui ai remis trente-et-un-mille pesos que je venais de compter.

— Gardez la monnaie, madame Eulalia. Je suis navré de cette dévaluation. En matière de finances, on ne sait jamais ce qu'il va se passer. Et je compte sur vous pour voter pour Mister Bisous le 6 juin.

— Ne vous inquiétez pas, Mister Bisous, vous êtes un bon client.

J'ai pris les deux gros sacs qu'elle avait préparés et, une fois dans la rue, j'ai murmuré à Jacqueline :

— Un bon client qui vient encore de te baiser de dix-mille pesos ce coup-ci. Finalement, les petits masques me reviennent à 108,33 pesos pièce, au lieu de 125. Un cadeau !

— Tu crois ça ? m'a-t-elle répondu avec un large sourire

Nous avons entendu un bruit bizarre derrière nous et, en me retournant, j'ai vu Mme Eulalia qui baissait son rideau de fer pour fermer boutique.

Ça m'a paru curieux qu'elle arrête de travailler d'aussi bonne heure.

— Les affaires doivent mieux marcher avec ses autres clients pour qu'elle ferme maintenant, ai-je dit.

— Sûrement, mon amour.

J'adore son grand sourire.

Nous avions maintenant tous les cadeaux pour mes électeurs et, de retour à la maison, cerise sur le gâteau, on nous avait livré le stand qui avait l'air superbe. Il était un peu haut, comme prévu, mais le slogan se lisait parfaitement. Seul bémol, les chaises étaient toutes les deux de même hauteur. Il faudrait juste trouver un bon coussin pour que Jacqueline ne disparaisse pas derrière le stand.

J'ai tout mis en œuvre, y compris un permis obtenu par le bon Victor, pour que nous puissions commencer la distribution de T-shirts et de petits masques ce dimanche. Je ne voulais pas perdre une minute. Le jour dit, nous avons installé stand et chaises au pied des marches du jardin. Jacqueline m'a aidé à agencer environ deux-cents T-shirts sur la table, en respectant le pourcentage de tailles prédéfini et, au coin de la table, nous avons mis plus ou moins le même nombre de petits masques.

Plusieurs passants n'ont pas tardé à s'arrêter à quelques pas du stand. J'ai même cru reconnaître certains visages entrevus à l'occasion de visites antérieures au jardin.

— Approchez ! leur ai-je dit, tous ceux et toutes celles qui vont voter pour Mister Bisous le 6 juin prochain ont droit à emporter, gratis, un T-shirt et un petit masque.

Un couple est venu s'arrêter à côté du stand.

— Vous êtes sûr que vous voulez faire cadeau de tout ça ? m'a demandé l'homme.

— Absolument ! Vous pouvez même choisir votre taille.

— Alors, il n'y aura plus de bisous ?

— Ben voyons !

J'ai tout de suite pris Jacqueline dans mes bras pour l'embrasser sur la bouche.

— Arrête ! a-t-elle dit en s'écartant, on n'est pas leurs clowns.

Mais il était trop tard pour arrêter le spectacle, les applaudissements fusaient de partout, même de personnes en haut du jardin.

J'ai de nouveau enlacé Jacqueline et, avant de l'embrasser, je lui ai murmuré :

— Encore un, ma chérie, il faut satisfaire l'électorat coûte que coûte.

À trois heures de l'après-midi, il ne restait plus que quatre T-shirts taille S et quelques petits masques. J'ai fait signe à Galdino, qui mangeait des *tacos* à l'écart pour qu'il vienne ramasser le stand et les chaises.

C'est ainsi que se termina notre première grande journée de campagne électorale et j'ai remercié Jacqueline parce que ça avait vraiment été un succès.

En ce qui me concerne, j'avais aussi terminé ma période de rodage et l'histoire s'est répétée, sans accroc, semaine après semaine : distribution de gâteaux du lundi au samedi, distribution de T-shirts et de petits masques le dimanche, ponctuées par quelques séances de bisous dans le jardin, en semaine. Que l'on ne me demande pas laquelle de ces trois activités me plaisait le plus.

On est arrivé comme ça au mois de juin et à la date fatidique du 6.

20.

Je devenais inquiet, nerveux, voire fébrile, en m'imaginant Président municipal de Valle de Bravo. Et Jacqueline première dame. Couple magique à la tête d'un village magique !

J'essayais de cacher ma fierté, mais heureusement on ne voyait presque personne parce que Jacqueline était très consciente de l'épidémie mondiale de ce virus dont je n'arrive jamais à me rappeler le nom. Quelque chose comme Coït 119, mais c'est pas ça.

Sur Netflix je n'ai jamais trouvé une série qui parle d'épidémie, bien qu'en y réfléchissant il serait recommandable qu'ils y pensent. Bon scénariste + bon virus = bonne série.

Nous, nous continuions à regarder *The Crown*, et ça me rabattait un peu mon caquet. Comment pouvait-on comparer un pauvre Président municipal de Valle de Bravo à un membre de la famille royale britannique ? Même le petit prince Charles, à l'âge de douze ans, il était bien au-dessus. Et moi, avec mes quatre-vingt-deux balais révolus, je n'avais qu'à la fermer et le saluer respectueusement. N'oublions pas que, bientôt, avec une maman de plus de quatre-vingt-dix ans, il va se retrouver roi d'Angleterre, un boulot auquel je ne pourrais pas prétendre, même en m'y consacrant à temps complet.

Mais, comme je vous disais, nous ne voyons pas beaucoup de monde et sortons très peu. Tous les mercredis, je vais au supermarché pour éviter à Jacqueline le danger du virus et, une fois par semaine, je vais déjeuner chez Gillian et Jérôme, néanmoins, comme Jacqueline n'est pas invitée, je n'y fais pas de vieux os, pour ne pas la laisser seule trop longtemps. Ah ! je vais aussi faire le plein d'essence de temps en temps, ou plutôt quand le tableau de bord de ma Juke ne montre plus qu'un petit trait sur le dessin du réservoir.

Je ne sais déjà plus quel mercredi c'était, je suis

sorti comme d'habitude vers deux heures et là j'ai marché sur un énorme chewing-gum, peut-être le plus gros chewing-gum du monde. J'ai frotté ma semelle comme j'ai pu et suis monté dans la Juke. En démarrant, il n'y avait qu'une seule petite raie là où on voit l'essence, alors, au lieu de rentrer directement à la maison, je suis monté tranquillement par Crosa, direction la pompe à essence. Le problème a commencé quand la rue s'est mise à descendre et que j'ai voulu freiner. Le putain de chewing-gum s'était collé à la pédale d'accélérateur et mes efforts pour décoller mon pied étaient infructueux. Comme la voiture allait de plus en plus vite, je me suis mis sous le volant en essayant de libérer mon pied avec ma main droite. Je continuais à conduire à l'aveuglette, en me rappelant comment allait la rue que je connais bien, mais, d'un seul coup, j'ai senti un énorme choc, avec des bruits assourdissants et que ma main gauche se tordait.

La suite n'est que trous noirs et images floues. Moi étendu sur une civière au milieu d'un raffut de moteurs. Ma civière qui bouge, la sensation qu'on entrait dans un hôpital. Le vague souvenir d'avoir croisé les doigts afin qu'entrer dans l'hôpital par le toit ne me porte pas malheur, puis plus rien.

Je me suis réveillé confortablement installé dans une chambre de l'hôpital ABC de Santa Fe et on est venu me raconter ce qu'il s'était passé.

Pendant que j'essayais de décoller le chewing-gum, ma voiture a pris de la vitesse et a traversé l'avenida Toluca à fend-la-bise. Elle ne l'a pas traversée longtemps, parce que, venant de la gauche, un camion d'essence, qui allait au même endroit que moi, m'a coupé la route. La Juke s'est pétée en miettes contre le camion d'essence qui n'a pas pris feu par miracle. D'après ce qu'on m'a raconté, il ne restait de ma voiture qu'un tas de ferraille, au point que l'assurance l'a tout de suite déclarée « perte totale ».

Le lieu de l'accident n'est pas loin du poste de police, si bien que les secours purent intervenir en deux minutes. On m'a aussi raconté que ce n'était pas facile de me sortir des restes de la voiture parce que j'étais coincé au sol, entre le volant et les airbags, qui avaient rempli leur rôle. Pendant qu'on extirpait mon corps de ce bordel, un secouriste a pris l'initiative d'allumer mon portable et d'appeler le numéro qui disait « maison ». Résultat de cet appel et sans que j'aie la moindre idée de qui a prévenu qui, le bon Jérôme est arrivé immédiatement.

Il a pris l'affaire en main et, considérant que

mon état était visiblement critique, a appelé sans hésiter un hélicoptère pour m'emmener dans un bon hôpital de notre capitale. Cela explique le raffut de moteurs que j'ai entendu avant d'entrer à l'ABC.

J'étais lucide quand je suis arrivé à l'unité de soins intensifs (USI) où Jacqueline et Jérôme m'ont rejoint peu de temps après, mais j'avais mal partout et, en particulier, au torse, à une épaule, à un bras et à la tête. Il s'est avéré que je m'étais crevé les deux poumons, cassé la clavicule gauche plus trois côtes, luxé le poignet et ouvert le front sur environ cinq centimètres, au-dessus du nez et jusqu'à la racine des cheveux.

Ils m'ont posé un tas de questions intimes pendant qu'ils m'examinaient. La première chose qu'ils ont décidée a été de me faire un pneumothorax à un de mes poumons parce que, selon eux, l'autre s'arrangerait tout seul.

Ils m'ont donc fait un petit trou entre deux côtes, y ont passé un tube et ont injecté un gaz dans mon poumon jusqu'à ce qu'il se regonfle. Tout s'est bien passé jusqu'à ce qu'ils envoient le gaz et là, je me suis mis à gueuler comme une bête parce que la douleur était insupportable. Heureusement, l'affaire n'a duré que trois ou quatre secondes, mais ça a été les pires que j'aie connues en quatre-vingt-deux ans d'existence.

Après ça, ils ont nettoyé ma plaie du front en y mettant un liquide qui piquait. Ensuite, ils ont bandé mon poignet, qui a cessé de me faire souffrir, et n'ont pas touché à ma clavicule qui maintenant, six jours après, n'est plus douloureuse du tout, mais si on passe le doigt dessus, on sent comme si les deux os s'étaient recollés l'un sur l'autre. Ils n'ont rien fait non plus à mes côtes en disant que je devais attendre qu'elles se ressoudent.

Une fois les soins terminés, ils m'ont à moitié assis sur le lit, avec plein d'oreillers dans le dos et je suis resté comme ça quatre jours de plus, dans cette position inconfortable avec les putains de côtes qui n'arrêtaient pas de me faire mal.

Jacqueline a été à mes côtés pendant tout mon séjour en soins intensifs. Je ne sais pas où elle dormait, ni où elle se lavait et se changeait, mais, du moment où j'ouvrais les yeux le matin, jusqu'à ce que je les ferme le soir, elle était là avec sa bonne humeur naturelle et montrant plein d'enthousiasme pour alléger mon hospitalisation. J'ai aussi vu Jérôme, tous les trois jours, mais il ne restait pas longtemps pour ne pas me fatiguer avec trop de conversation. Chaque fois que je le voyais, je le remerciais pour son intervention si efficace au moment de l'accident, mais nous n'en parlions jamais en détail.

Heureusement, bien que j'eusse encore terriblement mal aux côtes, ils m'ont transféré le cinquième jour dans une chambre du second étage, d'où j'écris en ce moment. Le poignet me gêne encore un peu, mais comme je ne tape qu'avec deux doigts, ça va.

Revenu à la vie réelle, je me suis souvenu que la date des élections était passée sans que je puisse y participer. On devait aussi en connaître les résultats, et le fait que personne ne me les ait communiqués me semblait inquiétant.

J'ai demandé à Jacqueline si elle savait quelque chose, mais elle m'a rappelé qu'elle ne m'avait pas quitté ces derniers jours. Il faudrait attendre la prochaine visite de Jérôme pour en savoir plus. Je l'aurai bien appelé pour en avoir le cœur net, mais je ne l'ai pas revu depuis l'accident, je suppose que l'homme qui a prévenu Jérôme a dû considérer mon portable comme une juste récompense et se l'approprier.

Mais, pour éviter que le petit n'arrive les mains vides la prochaine fois, je lui ai tout de même envoyé un mail demandant qu'il m'apporte les résultats des élections, en lui rappelant, au cas où il l'aurait oublié, que mon surnom est, et restera, Mister Bisous.

Après ça, il n'y avait plus qu'à attendre sa visite. Heureusement, Jacqueline était là et même, maintenant qu'on m'avait couché dans une position normale, elle pouvait s'allonger dans le lit à côté de moi en faisant très attention, bien sûr, vu la sensibilité de mes organes respiratoires.

En tout cas, je me considérais dans une situation très favorable et je n'arrêtais pas de le dire à ma petite femme adorée. Ça la faisait sourire mais, un soir, elle m'a quand même dit :

— Oui, on a de la chance d'être ensemble, mais quand Jérôme sera là il faudra qu'on parle de ton accident, de la façon dont c'est arrivé.

— Tu sais, ma chérie, les accidents sont des événements qui altèrent l'ordre des choses accidentellement. C'est pour ça qu'on les appelle des accidents.

Elle s'est levée et est sortie de la chambre. J'ai pensé qu'elle était allée demander quelque chose aux infirmières, mais elle a mis plus de vingt minutes à revenir.

— Où étais-tu passée, ma chérie ?

Je commençais à m'inquiéter.

— Non, je suis juste sortie un moment dans le jardin pour me changer les idées. De trop penser aux accidents peut devenir un peu pénible au bout d'un moment. Accidentellement.

Je n'ai pas compris ce qu'elle venait de me dire, mais je ne lui ai demandé aucune explication pour ne pas remettre sur la table le sujet des accidents.

Ce n'est que le jour suivant que Jérôme est passé me voir, juste quand Jacqueline était sortie « prendre l'air pour se changer les idées », comme elle dit. Il a passé en revue ma chambre, puis mon aspect général, avant de dire :

— On dirait que ça va mieux. La mauvaise nouvelle, c'est que tu n'as pas gagné les élections. Tu as fini troisième, ce qui n'est pas mal avec ce surnom à la con que tu t'étais trouvé.

Il m'a remis une feuille avec les résultats. Le gagnant, avec plus de dix-mille voix, était du PRI, pour changer, ensuite la candidate de Morena, avec huit-mille-cinq-cents et quelques voix et, en troisième position, votre serviteur, avec mille-deux-cents-dix-huit voix.

Une première analyse m'a amené à penser que mes supporters n'arrivaient pas aux mille-deux-cents-cinquante T-shirts que j'avais distribués gratuitement. C'est-à-dire que trente et quelques intrus avaient profité de ma générosité et ne connaissaient pas la valeur du mot « réciprocité ».

J'en ai fait part à Jérôme qui m'a demandé :

— Dis donc, ça a dû te coûter une fortune tous ces cadeaux, non ?

— L'idée, c'était qu'à peine élu je me remboursais les frais de campagne.

— Ah, bravo ! À peine en poste, tu comptais piquer dans les caisses.

— Qui parle de ça ? Tu es comme ta mère, vous voyez le mal partout. Tu sais ce que c'est une compensation ?

— Bien sûr que oui, tous les politiciens se « compensent » quand ils entrent en fonction.

Qu'est-ce que ça m'énerve quand les gens dessinent des guillemets avec leurs doigts !

Je n'ai pas voulu continuer cette discussion, mais j'étais bien emmerdé à l'idée que tous les frais, dûment notés dans mon petit calepin, allaient finir à la poubelle. La dernière fois que je les avais consultés, la municipalité de Valle de Bravo me devait presque un demi-million de pesos et je ne voyais pas comment j'allais les récupérer. J'ai envisagé l'assaut d'une banque, mais là oui, il s'agirait d'un vol, et j'ai rejeté l'idée. Je ne suis pas un voleur et ce n'est pas à mon âge avancé que je vais commencer à l'être. Tant pis, ça passera en pertes et profits. Quelle chierie après tant d'efforts !

— T'inquiète pas, ai-je dit à Jérôme, ce n'est que de l'argent.

— Oui, mais combien ça fait ?

Je ne cache jamais, ou presque jamais, la vérité à mes enfants, si bien que je lui ai dit :

— Grosso modo, un demi-million de pesos, mais pour moi c'est une bagatelle parce que j'ai un bon paquet de fric aux États-Unis, tu me l'as dit toi-même l'autre jour.

— Ben, à ce rythme-là, il ne va pas te durer longtemps.

— T'inquiète, ta mère et moi faisons très attention à nos dépenses.

De nouveau, il a pris sa *poker face* et s'est levé pour partir.

— Je file, mais, à ma prochaine visite, prépare-toi à parler de ton accident.

— Oui, oui, et encore merci. Tu me diras ce que je te dois pour l'hélicoptère.

— Y s'agit pas de ça.

Quand j'ai dit à Jacqueline que je n'avais pas été élu, ça n'a pas paru l'affecter. Quelle force de caractère ! N'importe quelle autre femme aurait piqué une colère en apprenant qu'elle ne serait pas la première dame de Valle de Bravo. Elle se serait peut-être même roulée par terre.

Pour moi, la défaite était amère et je ne me

l'expliquais pas. Bien qu'en regardant la télé fournie par l'hôpital je me suis demandé si, par hasard, l'élection n'aurait pas été truquée. Si ça risque d'arriver aux États-Unis, imaginez à Valle. J'ai voulu appeler le bon Victor pour étudier la possibilité de contester le résultat, mais je n'avais pas de portable.

On a passé le reste de la journée à se reposer, l'un à côté de l'autre, en mangeant de temps en temps. Enfin manger, c'est beaucoup dire ! Même le pire restaurant de Valle de Bravo doit être meilleur que la bouffe de l'ABC de Santa Fe ! Si elle continue comme ça, elle n'obtiendra jamais une étoile du Michelin ou de n'importe quel guide impartial en matière culinaire. Je reconnais que ce n'est ni un hôtel ni un restaurant, mais le cuisinier pourrait quand même faire un effort pour présenter au patient des plats moins insipides.

Jacqueline mange très peu et ne s'est pas plainte, mais moi, j'ai failli me précipiter aux cuisines pour manifester mon mécontentement. La seule chose qui m'en a empêché a été la bonne chaleur de ma petite femme adorée à côté de moi et mes douleurs persistantes dans les côtes. Si bien qu'au lieu d'aller me plaindre j'ai fermé les yeux pour profiter du bonheur récemment revenu et imaginer que, dans le futur, nous aurions maintes occasions de satisfaire notre appétit dans des restaurants renommés pour leur excellence.

Ces pensées n'ont pas tardé à me plonger dans un profond sommeil, seulement interrompu par des infirmières bruyantes, soucieuses de ma santé. La dernière a fait son apparition à sept heures du matin, pour vérifier ma température et me dire que prendre une douche ne serait pas superflu, étant donné que je ne l'avais pas fait depuis six ou sept jours.

J'ai attendu qu'elle sorte pour lui épargner le spectacle de mes parties intimes et nous nous sommes dirigés, Jacqueline et moi, vers la minuscule salle de bains attenante à ma chambre.

Et là, assis sur une chaise, placée par le personnel hospitalier pour que le patient ne se fatigue pas trop, j'ai profité durant plusieurs minutes du contact de l'eau chaude qui courait sur mon corps endommagé. J'ai aussi utilisé un savon, placé à portée de la main, pour nettoyer avec soin certains espaces, morceaux ou excroissances de peau qu'il n'y a pas lieu de spécifier ici.

Jacqueline m'a aidé à me sécher, ce qui n'était pas désagréable du tout, et j'ai à peine eu le temps de retourner me coucher avant qu'on nous apporte le petit déjeuner, toujours insipide, à part un mini-pot de miel et six morceaux de sucre, assez savoureux vu que je me les suis tapés l'un après l'autre.

Il était à peine huit heures et on s'est rendormis jusqu'à ce qu'une imitation de toux nous réveille. C'était Jérôme qui avait avancé sa visite parce qu'il partait le lendemain pour Buenos Aires.

— Si tu as quelques pesos argentins de trop, quand tu seras là-bas, lui ai-je dit, sois gentil de me rapporter quelques *alfajores.* Ici, à l'hosto, on n'a rien à becqueter.

— Je crois que quelques jours au régime ne te feront pas de mal, tu n'as jamais eu un aussi gros bide. Et, à part l'obésité, comment ça va ?

— Bien, sauf les côtes, mais là il y en a pour un moment.

— Bon, alors, on peut parler de ton accident.

— Absolument ! Et encore merci, ton intervention a été impeccable. Mais tu ne m'as toujours pas dit combien je te dois pour l'hélicoptère.

— Y s'agit pas de ça, je veux savoir comment est arrivé ton accident.

— Eh bien, accidentellement, comme tous les accidents.

Il a repris sa *poker face* et je me suis dit que ça allait barder. Mais quoi ? Malheureusement, tout avait été accidentel.

— Ma question, c'est : Pourquoi es-tu rentré dans ce camion d'essence ?

— Seulement parce qu'il est passé par là juste quand je venais, plein pot, dans cette direction.

Son visage est devenu encore plus *poker face*.

— Et pourquoi tu venais, plein pot, dans cette direction ?

— Ben, à cause du chewing-gum.

Il s'est levé comme s'il avait le diable au cul et a foutu un grand coup de pied dans le mur.

— Le chewing-gum ? a-t-il hurlé.

— Exactement. Et si tu me laissais parler au lieu de péter les plombs chaque fois que j'ouvre la bouche, tu comprendrais la logique de l'histoire.

Il est allé s'asseoir dans le fauteuil de la chambre et a marmonné :

— Vas-y, je t'écoute.

— Alors, voilà, en sortant du Che, mercredi dernier...

— Mercredi dernier, tu étais ici, à l'hôpital.

— Bon, ben celui d'avant, en sortant du Che, sans le vouloir, j'ai marché sur un énorme chewing-gum, probablement le plus gros chewing-gum du monde. Et ne me demande pas ce que faisait là ce chewing-gum ni pourquoi c'est moi, précisément, qui ai marché dessus...

— Je ne te demande rien, continue.

— Je n'ai pas assez soigneusement essuyé ma chaussure et, en allant vers le poste à essence, je me suis rendu compte que cette chaussure, la droite, ne voulait pas se décoller de l'accélérateur. Comme c'était dans la descente de Crosa et que je devais freiner, je me suis baissé, sous le volant, pour essayer de la décoller. Ça a été une lutte féroce, au milieu de laquelle j'ai entendu un tintamarre colossal accompagné d'un putain de choc, et la chose suivante dont je me souvienne, c'est que j'entrais à l'hôpital par le toit. Je me souviens aussi d'avoir croisé les doigts pour que ça ne me porte pas malchance d'entrer dans un hôpital par le toit. Et dis donc ? À propos, est-ce qu'on a retrouvé ma chaussure ? C'était un genre de mocassin en cuir pour bateau, de couleur…

— Qu'est-ce qu'on en a à foutre de ta godasse ? Autrement dit, tu t'es tapé toute la descente de Crosa sous le volant.

— Eh oui, fiston ! Je ne pouvais pas faire autrement.

Sa *poker face* s'est durcie.

— Mais bordel, papa ? Tu n'as pas eu l'idée de freiner du pied gauche ?

— Ah, non ! mon petit bonhomme ! Tu devrais savoir que le pied gauche est réservé à la pédale du changement de vitesse dans les voitures qui ne sont pas automatiques. Je sais bien qu'elles ne sont plus de ton époque. Mais ma Juke, elle, est automatique et, quand je monte dedans, j'oublie que j'ai un pied gauche.

Il s'est levé avec une tête furibonde et a quitté la chambre sans même me dire au revoir.

21.

La douche était décidément une bonne idée puisque je me suis réveillé le lendemain avec une énergie débordante. Jacqueline était sortie de bonne heure respirer un peu d'air frais et je me suis demandé comment je pourrais passer agréablement le temps. J'ai bien pensé à faire un énième sudoku, mais être enfermé ici sans interactions sociales me pesait de plus en plus. Mon altruisme naturel commençait à pâtir que l'on s'occupe en permanence de moi. Et d'un coup, j'ai eu une idée géniale, puisque je ne pouvais pas monter ou descendre des escaliers et donc sortir de l'hôpital, j'irai rendre visite à mes co-patients pour leur remonter le moral !

J'ai passé un œil par la porte, pour ne pas risquer de tomber sur une infirmière ou, pire encore, sur un visiteur. Avec ces blouses qu'on te donne dans les hôpitaux et qui s'attachent par-derrière, c'est tout un problème de se cacher les fesses. Le chemin était libre et je me suis présenté dans la chambre de droite. Un être humain gisait sur le lit, d'âge et de sexe indéterminés parce qu'il avait toute la tête bandée. En plus de ça, on lui avait plâtré le bras et un bout de guibolle sortait de sous les draps, plâtré lui aussi. Bref, il était pas frais.

— Bonjour, lui ai-je dit en m'approchant du lit, je suis votre voisin de la chambre à côté et je passais juste vous tenir compagnie quelques minutes. Comment vous sentez-vous ?

Le filet de voix qui m'a répondu était masculin et semblait épuisé.

— Je me sens très mal. J'ai eu un accident de voiture et, à part les dommages que vous pouvez voir, je me suis cassé je ne sais combien de côtes. Ils disent aussi que j'ai une perforation intestinale, encore plus dangereuse que tout le reste... J'ai mal partout, j'ai peur.

— Quelle coïncidence, lui ai-je dit, moi aussi, je

sors d'un accident de voiture, mais je suis presque guéri. Il pourrait bientôt vous arriver la même chose. Bien sûr, on ne peut pas comparer, votre cas est beaucoup plus grave, surtout l'histoire de la perforation intestinale. Quelle idée ! Enfin, ça ne vous coûte rien d'espérer. Si vous êtes normalement chanceux dans la vie, vous pourrez peut-être vous en sortir.

— Que Dieu vous entende ! J'ai tellement peur.

— Non, lui ai-je dit en sortant, oubliez Dieu. Si jamais il existe, il a d'autres chats à fouetter. Comptez plutôt sur la chance, mais il va vous en falloir un paquet !

Je suis passé à la chambre suivante où j'ai trouvé un cinquantenaire qui lisait une revue dans son lit. Il n'avait pas de bandage ni de plâtre apparents.

— Bonjour, ai-je commencé, je suis votre voisin de palier et je venais bavarder un moment avec vous, si ça ne vous dérange pas.

— Non, au contraire, approchez la chaise, s'il vous plaît, et asseyez-vous. Je n'ai pas beaucoup de visites, j'ai perdu ma femme il y a quelques mois et nous n'avons pas d'enfants.

— Pour votre femme, ne vous inquiétez pas. Moi aussi, j'ai cru avoir perdu la mienne et, croyez-le ou non, elle est revenue deux ans plus tard. Faites-moi confiance, elles reviennent toujours. Mais parlons de choses plus concrètes, qu'est-ce que vous faites dans cet hôpital ?

— On vient de m'opérer d'une perforation intestinale, il paraît que je serai sorti dans huit jours.

— Une perforation intestinale ? Ouille ! Je n'aimerais pas être à votre place. Le voisin d'à côté a la même chose et il est à deux doigts de la mort. Bien sûr qu'on vous a dit que vous seriez dehors dans huit jours. Mais vous connaissez les docteurs, ils ont oublié d'ajouter que vous sortiriez les pieds devant.

— Monsieur ! (La voix venait de derrière moi.) Veuillez regagner immédiatement votre chambre.

Je me suis retourné et j'ai vu que c'était un docteur sur le pas de la porte. Dieu sait depuis combien de temps il était là.

— Docteur, je bavarde avec mon voisin et j'essaie de lui remonter le moral en attendant ma femme, qui est sortie « respirer un peu d'air frais ».

Les guillemets, je les ai dessinés avec les doigts parce que j'aimais pas beaucoup ce docteur et j'espérais que mon geste l'énerverait autant que quand on me le fait.

Le professionnel de la santé a fait un pas hors de la chambre et est revenu avec deux infirmières.

— Accompagnez tout de suite ce monsieur à sa chambre, leur a-t-il dit.

Chacune m'a pris un bras, avec une certaine fermeté, pour me sortir dans le couloir.

— Quel est votre numéro de chambre ? a demandé l'une d'elles.

— T'occupe, a dit l'autre, il est là, à la deuxième porte.

Elles m'ont emmené avec autorité jusqu'à ma chambre et m'ont couché sans le moindre mot de politesse.

Quand Jacqueline est revenue, je ne lui ai pas raconté l'incident pour lui éviter d'avoir à se rendre à la direction présenter une plainte.

L'heure venue, nous avons déjeuné sans beaucoup d'appétit. Il était temps que Jérôme revienne de Buenos Aires avec les *alfajores*.

Au milieu de notre sieste, ce n'est pas Jérôme qui est apparu, mais Gillian, son adorable moitié.

Après m'avoir interrogé sur mon état de santé, elle est devenue très sérieuse :

— Jonas, m'a-t-elle dit affectueusement, on m'a appelée de l'hôpital pour me dire que, si tu continues de visiter et de déranger d'autres patients, ils ne pourront pas te garder ici. Ils ont même mentionné qu'ils recommanderaient un autre genre d'hôpital.

— Pourquoi sont-ils allés te déranger, toi, avec ce genre de détails alors que Jacqueline est là pour les écouter ?

Au moment où je disais ça, je me suis rappelé que Gillian fait partie du clan de ceux qui croient que Jacqueline est morte et, évidemment, ça allait la troubler.

Effectivement, elle s'est levée en hochant la tête, comme si j'étais un cas perdu, et m'a dit :

— Bon, je m'en vais, mais essaie de te souvenir de ce que je viens de te dire.

— Non mais, j'y crois pas ! ai-je lancé à Jacqueline quand Gillian eut quitté la chambre, dans cet hôpital on nous traite comme des enfants de cinq ans. Qu'est-ce qu'il faudrait qu'on fasse pour qu'ils nous prennent au sérieux ?

22.

La dernière semaine à l'hôpital a été une vraie chierie. Heureusement, Jérôme est rentré de Buenos Aires avec trois boîtes d'*alfajores*. Sans Jacqueline avec moi, je ne sais pas ce que je serais devenu... Je ne parlais plus aux infirmières, connasses qui obéissaient aveuglément aux ordres des docteurs. Je n'avais plus le droit de visiter mes voisins ni de leur apporter un peu de soutien moral. Le désastre total.

Finalement, le dernier jour est arrivé. Vers onze heures du matin, le docteur de l'autre jour est entré dans ma chambre, sans même frapper.

— Je viens vous examiner avant que vous ne partiez, m'a-t-il dit.

Il m'a éclairé les yeux avec une petite torche, m'a fait tousser, sortir la langue et, pour finir, m'a ausculté avec son stéthoscope. Tout devait aller parce qu'il m'a confirmé que je pouvais partir. Et après il a ajouté avec un grand sourire :

— Figurez-vous que le patient avec qui vous parliez la semaine dernière est sorti il y a deux jours… et sur ses pieds, pas les pieds devant comme vous l'aviez prévu.

« Ah, l'enculé ! ai-je pensé. Il a écouté toute notre conversation. Mais je vais bien le baiser. »

— Et mon voisin d'à côté, il s'est remis lui aussi ?

Le grand sourire a disparu.

— C'était un cas beaucoup plus grave, a-t-il répondu, il est décédé avant-hier.

— Je lui avais bien dit qu'il lui faudrait vraiment beaucoup de chance. Mais, zut ! je n'ai pas eu le temps de lui demander si, par hasard, il n'avait pas marché sur un énorme chewing-gum. Vous ne lui avez pas demandé, vous ?

— Ce n'est pas le genre de questions que nous posons à nos patients.

— Et pourtant, c'est par là que devrait commencer la médecine.

Il m'a regardé avec des yeux bizarres, comme s'il allait faire une remarque désagréable, mais non, il est sorti de la chambre en me disant sèchement au revoir. Putains de docteurs fouille-merde, pour qui ils se prennent ?

Heureusement, le retour à la maison s'est bien déroulé. Nous avons passé plus d'une semaine à nous reposer après cette période de stress. Nous restions au lit la plus grande partie de la journée, ou plutôt moi, parce que Jacqueline a toujours été une lève-tôt et qu'elle insistait pour aller promener les chiens avec Galdino. Moi, je palpais mes côtes et je dois dire que j'y notais une nette amélioration. Désormais, sauf quand je toussais ou, pire, éternuais, j'oubliais mes jours de douleur insoutenable et je pouvais faire quelques pas, dans la maison ou le jardin, sans trop gémir. Ce qui aidait aussi, c'est que, étant né avant la guerre, je supporte la douleur plus courageusement que d'autres.

Un mardi, Stéphane nous a annoncé que, profitant d'une visite à l'un de ses clients mexicains, il viendrait nous voir à Valle le week-end suivant. Je me suis empressé d'appeler Sandrine et Jérôme avec la bonne nouvelle, mais tous les deux étaient déjà au courant et Sandrine s'était même arrangée pour passer aussi.

Jérôme est allé le chercher à l'aéroport et ils sont arrivés presque en même temps que Sandrine. Tout était organisé : Stéphane dans la petite maison d'en bas, et Sandrine, en haut, dans la chambre d'amis qui, avec le temps, est devenue sa chambre étant donné que nous recevons de moins en moins de visites.

Ce jour-là, le déjeuner s'est passé chez Gillian et Jérôme, parce que, depuis que Jacqueline a arrêté de cuisiner, les festins chez nous ont cessé.

Arrivés au dessert, qui n'était pas moins que des meringues remplies de pêches, avec une goutte de cognac, Stéphane s'est raclé la gorge, avant de s'adresser à moi.

— Papa, bien que la saison des cadeaux soit passée, nous avons une grosse surprise pour toi. Nous connaissons l'amour que maman et toi avez pour Ixtapan de la Sal, et nous vous y avons acheté un petit hôtel. Ce n'est pas le Sheraton, bien sûr, d'ailleurs tu sais qu'il n'est pas en vente, mais il est joli et agréable. Quatre étoiles !

— Mes enfants, vous avez perdu la tête ! Comment allez-vous nous faire cadeau d'un hôtel ? Ça coûte une fortune.

— Celui-là était un cas spécial, est intervenu Jérôme. On l'a eu pour trente-trois-mille dollars : onze-mille chacun.

— Mais d'où Sandrine va sortir onze-mille dollars ? Il ne lui reste plus que quelques francs belges maintenant qu'elle a acheté sa maison de Cuernavaca.

— On me les prête, papa, a-t-elle dit.

J'ai tourné la tête vers Jacqueline et j'ai vu qu'elle me faisait « oui » de la tête avec son grand sourire. Mais il y avait encore quelque chose qui me tarabustait.

— Voyez-vous, mes enfants, ce prix me paraît très élevé. Le Sheraton, qui est beaucoup plus grand, ils allaient me le laisser pour quatre-mille dollars.

— Quatre-cent-mille, m'a interrompu Jérôme, et ils ne te l'ont pas vendu.

— Ah, mes enfants ! Vous êtes devenus complètement fous. Si ce n'était pas pour votre maman, je ne pourrais jamais accepter un tel cadeau. Merci, mille et mille fois.

— Un petit détail, a dit Stéphane, une clause du contrat t'oblige à aller vivre là-bas. Sinon, l'opération est annulée et on perd notre pognon.

— Aller vivre là-bas ? Eh bien, je connais quelqu'un qui va être content... Et du point de vue confort ?

— On a prévu une grande chambre avec lit *king size*, qui en plus a deux bureaux où vous pourrez mettre vos ordis, et, par une porte de séparation, tu entres dans un salon, salle de télé, avec vue sur le jardin. Pas besoin de salle à manger parce que l'hôtel fournit les repas.

— Ah ! ai-je dit, hôtel-restaurant, ça a vraiment l'air impec. Combien de chambres en tout ?

— Une quarantaine.

— On ne peut rêver mieux ! Encore mille fois merci. Et c'est parti, mon kiki ! Quand est-ce qu'on déménage ?

— Demain, si tu veux.

— Un peu, mon neveu ! Allez, on va préparer les valoches. Mais j'allais oublier un détail. On va dans ma voiture, non ?

— Ta voiture n'est plus qu'un tas de ferraille, a dit Jérôme.

— Je sais, mais il reste la Mercedes et la Jeep de votre maman.

— C'est moi qui conduis, a dit Stéphane, on ne voudrait pas que tu marches sur un énorme chewing-gum. Les autres nous suivront dans la voiture de Jérôme pour qu'on puisse revenir avec.

J'ai pris congé de Gillian en la remerciant pour le super repas, et Jacqueline et moi sommes revenus à la maison à pied, laissant les enfants profiter de ce moment ensemble, ce qui ne leur arrive qu'une ou deux fois par an, et encore.

— Tu te rends compte, ai-je dit à Jacqueline, vivre à Ixtapan ! Qui aurait pu le prévoir ?

— C'est sûr, si l'hôtel est agréable, ce sera le paradis !

— Quatre étoiles, ça ne peut pas être mal.

On a, ou plutôt, j'ai, passé le reste de l'après-midi à faire les valises parce que, comme d'habitude Jacqueline était distraite. Elle devait imaginer comment ça allait nous plaire de vivre ensemble dans un quatre étoiles à Ixtapan... J'ai dû remplir sa valise tout seul, mais ça n'a pas été très difficile étant donné que je n'y ai mis que des affaires d'été.

Le lendemain matin, à midi pile, on était prêts. Stéphane et Sandrine bavardaient sur la terrasse, alors j'ai appelé Jérôme pour démarrer le grand voyage.

Après, j'ai dit aux deux autres de venir et, en arrivant à la Mercedes, j'ai montré à Stéphane la semelle de ma chaussure pour qu'il puisse vérifier qu'elle n'avait aucun chewing-gum ou autre truc collant.

— Tu vois, lui ai-je dit, je peux parfaitement conduire.

— Non, on a dit que ce serait moi. En plus, tu ne sais pas où on va.

Sandrine voulait me laisser m'asseoir devant,

mais j'ai insisté pour aller à l'arrière, pour une raison qui commence par un J.

En approchant d'Ixtapan, Stéphane m'a dit :

— Papa, on s'est mis d'accord avec le vendeur pour ne dire à personne que tu es le nouveau propriétaire.

— Ah ? Et pourquoi ?

— Parce que le vendeur est un fonds d'investissement et tu sais comment ils sont. Ils ont toujours peur qu'on ne les accuse d'une forme ou d'une autre d'information privilégiée.

– Ah ! Un fonds d'investissement. Je comprends parfaitement. Tu peux compter sur ma discrétion. Je n'en parlerai qu'avec le directeur qui est certainement au courant.

— Non, papa ! Tu ne m'as pas entendu, ou quoi ? Avec lui moins qu'avec quiconque, c'est très, très important.

— Bon, bon, si c'est ce qu'ils exigent...

— Stéphane, a dit Sandrine, tu as oublié de parler à papa de la visite médicale qu'il va devoir passer en arrivant à l'hôtel.

— Une visite médicale ! Mais je suis comme neuf, je n'ai même plus mal aux côtes, sauf si j'appuie dessus.

— Ça fait partie du règlement de l'hôtel, a dit Stéphane, et c'est une bonne idée, à mon avis, parce qu'ils veulent éviter que de nouveaux arrivants ne refilent quelque chose aux autres.

— J'avais jamais entendu parler de ça, ai-je dit, mais oui, c'est une bonne idée, surtout avec ce nouveau virus qui sème la panique, ce putain de Coït 119.

Là-dessus, on est arrivés dans une rue très tranquille avec une pancarte qui disait *La Cinquième Saison*.

— C'est là, m'a dit Stéphane en entrant dans un petit chemin privé. Qu'est-ce que tu en penses, papa ?

— J'aime bien le nom. Surtout à mon âge, ça fait plaisir de savoir qu'il existe une cinquième saison. Pourvu qu'elle dure longtemps !

Le petit chemin débouchait sur un stationnement à l'air libre. À deux pas, on arrivait à un très joli jardin. Peu de fleurs, mais beaucoup de verdure et des bancs où se reposaient quelques hôtes.

— On va laisser les valises dans la voiture jusqu'à ce que tu passes la visite médicale. On ne sait jamais.

On s'est approchés de l'hôtel en marchant et j'ai senti que Jacqueline me serrait le bras. Elle était très contente et moi, je ne pouvais pas me plaindre non plus.

De temps en temps, nous croisions des gens en uniforme de toile bleu clair. Stéphane m'a expliqué qu'il s'agissait du personnel de l'hôtel.

— Bonne idée ! lui ai-je dit, comme ça tu n'as pas besoin de chercher partout les employés, sans savoir à qui tu t'adresses, comme c'est le cas dans d'autres hôtels.

— Oui, laisse-moi demander à celui-ci où est le cabinet du docteur.

Très aimable, l'employé a laissé en plan ce qu'il était en train de faire et nous a accompagnés à une porte. Après avoir frappé, il est entré et ressorti en une minute.

— Le docteur s'occupe tout de suite de Monsieur, a-t-il dit en me montrant.

« Et de Madame aussi », ai-je pensé, mais je me suis tu parce que nous entrerions ensemble quand le bon docteur nous ouvrirait la porte. Et on n'a pas attendu longtemps, il a ouvert et nous a fait signe d'entrer. Son cabinet était des plus agréables. Deux fenêtres donnaient sur le jardin, le sol était recouvert de moquette, il y avait un grand bureau avec deux fauteuils pour visiteurs et, de l'autre côté, presque collé au mur couvert de bouquins, on lui avait installé un divan avec un autre fauteuil à côté « au cas où un collègue viendrait lui faire une petite visite pendant sa sieste », ai-je pensé en essayant de ne pas pouffer de rire.

Le docteur nous a invités à nous asseoir dans les fauteuils de son bureau et m'a dit :

— Alors, monsieur, vous venez vous installer ici pour un temps indéterminé, avec votre femme, selon ce qu'on m'a dit.

— Oui, docteur, la voici avec moi, ai-je répondu en prenant la main de Jacqueline.

— Bien, bien... Depuis combien de temps êtes-vous ensemble ?

— Entre fiançailles et mariage, ça fait soixante et un ans. Mais il faut que je vous dise qu'il y a un peu plus de deux ans, je suis devenu à moitié fou et j'ai cru que ma femme était morte.

— Bien, bien... Et quand vous êtes-vous rendu compte qu'il n'en était pas ainsi ?

— Ça fait environ trois mois, juste avant que je commence ma campagne présidentielle.

— Votre campagne présidentielle, bien, bien... Et dites-moi, pendant ces trois mois, avez-vous eu des rechutes de ce que vous appelez votre « demi-folie » ?

— Heureusement non et j'espère que ça ne m'arrivera plus jamais. Je me sens tellement heureux maintenant.

— Je comprends, je comprends... Votre femme est heureuse aussi ?

— Regardez-la, docteur. Vous croyez qu'une femme malheureuse aurait un aussi joli sourire ?

— Je comprends, je comprends... Une dernière question : On m'a dit que vous aviez eu un grave accident de voiture ; vous pouvez m'expliquer comment ça s'est passé ?

— Tout a été de la faute du plus gros chewing-gum du monde, docteur. Mais ne vous inquiétez pas, je suis complètement remis. J'ai juste un peu mal aux côtes quand on m'appuie dessus.

— Le plus gros chewing-gum du monde..., je comprends, je comprends... Maintenant, prenez s'il vous plaît ce flacon et allez le remplir là-bas, dans la salle de bains. C'est pour une analyse d'urine.

— Ah ! Et vous n'allez pas nous faire le test du Coït 191 ? Parce que, en ce moment, il est plutôt méchant.

— Si, si, je vais le faire, mais seulement à vous parce que, si votre femme l'a, elle vous l'a déjà passé, tandis que, si vous ne l'avez pas, vous ne pouvez pas le lui passer.

J'ai réfléchi un moment, car son raisonnement n'était pas si facile à comprendre mais, à la fin, j'ai vu plus ou moins où il voulait en venir et je suis allé à la salle de bains qui faisait partie du cabinet. Pendant que je faisais ce que j'avais à faire, en essayant de ne pas trop m'éclabousser les mains, j'ai admiré les miroirs, les meubles et, il n'y avait pas de doute, mes enfants m'avaient fait un sacrément beau cadeau.

Je suis revenu avec mon flacon tout chaud et l'ai remis au docteur, qui l'a rangé dans un placard d'où il a sorti un petit bâton avec une boule de coton, qu'il m'a rentré dans la bouche.

— Ça, c'est pour le Covid, a-t-il dit, mais vous pouvez, d'ores et déjà, vous considérer admis dans notre établissement.

J'ai failli lui répondre que l'établissement était plus à moi qu'à lui, mais je me suis souvenu, juste à temps, qu'il s'agissait d'un secret et je n'ai pas dit un mot.

Il a rempli une feuille de papier et me l'a tendue en disant :

— Avec ce certificat, vous pouvez maintenant vous présenter à la réception où on vous donnera une chambre, et il s'est levé pour nous ouvrir la porte, parce que, évidemment, la consultation était terminée.

J'ai pris congé de lui avec obséquiosité, car il s'était comporté comme un vrai gentleman. Ça ne ferait pas de mal au docteur de l'hôpital de Santa

Fe de faire un petit tour à *La Cinquième Saison* pour apprendre le sens du mot « politesse ».

Les enfants nous attendaient dans le couloir et j'ai pu leur donner la bonne nouvelle que j'avais passé avec succès la visite médicale.

— Alors on va dire bonjour au directeur avant d'aller à la réception, a dit Stéphane. Si je me souviens bien, c'est cette porte.

Il a frappé, passé la tête à la porte et nous a fait signe d'entrer.

J'ai laissé passer Jacqueline pour aller nous asseoir dans les deux fauteuils qui faisaient face au bureau du directeur. C'était un petit gros dans les cinquante ans, à moitié chauve, avec une moustache à la Hitler.

— Très heureux, monsieur le directeur, lui ai-je dit, j'aurais voulu passer vous dire bonjour avant la conclusion de tout ça, mais je n'en ai pas eu l'occasion.

J'ai accompagné ma phrase d'un bon clin d'œil pour qu'il comprenne de quoi je lui parlais, mais je ne pouvais pas en dire plus. Information privilégiée !

— Bienvenue, cher monsieur, j'espère que vous vous trouverez bien chez nous. Vous avez passé la visite médicale ?

— Bien sûr, ai-je répondu en agitant mon certificat tout frais, et avec succès.

— Parfait, dans ce cas je n'ai rien à ajouter. Je vous recommande seulement de payer vos notes à temps, c'est la seule exigence que nous avons pour conserver de bonnes relations.

— Comptez sur moi !

Et je lui ai fait un autre clin d'œil pour lui montrer que je suivais les règles du jeu.

Il nous a accompagnés à la porte pour nous montrer la réception qui était à deux pas. Là, on nous a dit que nous avions les chambres 21 et 22. C'était au premier étage et un employé en uniforme nous a montré le chemin après avoir été chercher les valises. Il a ouvert la porte du 21 qui était la chambre à coucher. Il n'y a qu'un mot pour la décrire : splendide.

Jacqueline et moi nous sommes jetés sur le lit pour essayer le matelas et c'était une merveille. Nous sommes passés au 22 et, là aussi, tout était super luxe : écran de télé de quarante-deux pouces, divan juste en face et plusieurs fauteuils au cas où on voudrait inviter des amis.

J'ai profité de ce moment pour annoncer à notre progéniture :

— Mes enfants, on en a parlé hier soir avec votre maman et, comme cet endroit nous enchante, nous allons vous donner de notre vivant la maison de Valle, pour éviter les impôts que vous auriez à payer à notre mort. Vous pourrez aussi la vendre si, un jour, vous avez besoin d'argent. Jérôme, comme tu es le seul qui vive à Valle, il faudrait que tu ailles voir un notaire qui vous explique la marche à suivre. D'après ce qu'on m'a dit, c'est très simple.

Pour le moment on va continuer à employer et payer Galdino et Rocio pour qu'ils s'occupent de nos bébêtes jusqu'à ce que celles-ci meurent ou que vous vendiez la maison. Dans ce dernier cas, il faudra chercher une autre solution.

Tout en parlant, j'avais ouvert les valises et rangé leur contenu dans des placards immenses.

— Bon, jeunes gens, il est temps que vous partiez si vous ne voulez pas conduire de nuit.

On les a accompagnés à la voiture de Jérôme et tout le monde a essayé que les adieux ne soient pas trop tristes. Après tout, Ixtapan de la Sal n'est pas le bout du monde et, en plus, Sandrine venait de me donner un portable Huawei tout neuf.

En retournant vers l'hôtel, j'ai remarqué que les bancs étaient maintenant presque vides et on en a vite eu l'explication. Une employée en uniforme s'est approchée et nous a dit :

— Ici, le dîner est à six heures trente. Si vous voulez, je vous accompagne à la salle à manger.

« À six heures trente, ai-je pensé, ils se croient chez les Ricains, ou peut-être que les hôtes trouvent ça très chic. »

Elle nous a conduits à la porte d'une grande pièce illuminée par le soleil couchant. Je me suis rappelé que je n'avais pas donné de pourboire à celui qui avait monté nos valises, alors, pour compenser, j'ai sorti de ma poche un billet de mille pesos que je lui ai glissé dans la main.

Elle l'a regardé d'un air un peu étonné et m'a dit :

— Monsieur, si c'est un pourboire, je vous remercie beaucoup, mais le docteur a dû vous expliquer qu'ici on n'accepte pas les pourboires. En ce qui concerne les places à table, chacun s'assied où il veut.

J'ai bien aimé ce détail, genre Club Med, des places à table, et puis j'ai remis dans ma poche les mille pesos en me demandant ce que le docteur venait foutre dans l'histoire des pourboires au personnel.

À l'une des neuf ou dix tables de la salle à manger, un type d'âge moyen s'était levé quand on est apparus à la porte et applaudissait frénétiquement en nous faisant signe d'aller nous asseoir avec lui.

Il a continué à applaudir pendant tout le temps qu'on a pris pour arriver à sa table.

— Je vous présente ma femme, Jacqueline, lui ai-je dit.

— Très heureux, chère madame.

En faisant une pause d'applaudissements, il a tiré la chaise de sa droite et a attendu que Jacqueline soit assise en l'aidant délicatement à pousser la chaise vers la table.

Quand ça a été fait, il a repris de violents applaudissements avant de me tendre la main.

— Mister Bravo, à votre service.

— Quelle coïncidence, ai-je dit en lui serrant la main, au village où je vivais on m'appelait Mister Bisous, parce que j'adore embrasser ma femme.

Et, joignant le geste à la parole, je suis allé m'asseoir à côté de Jacqueline et lui ai fait un petit baiser sur la joue, qui a déclenché une nouvelle salve d'applaudissements, interrompue par une employée en uniforme qui nous apportait la soupe.

Cependant, d'autres hôtes continuaient à entrer, parmi lesquels est apparu quelqu'un habillé en Polichinelle, la fameuse marionnette italienne du dix-septième, qui arborait le masque noir façon Zorro, le costume et le chapeau blancs, et les deux bosses parfaitement situées sur le torse et dans le dos.

Quand Mister Bravo l'a repéré, il a recommencé à applaudir en lui faisant signe de venir s'asseoir avec nous.

— Dites-moi, Mister Bravo, lui ai-je demandé pendant que le personnage approchait, pourquoi ce monsieur est-il déguisé en marionnette ?

— Mais pas du tout, m'a-t-il répondu sans cesser d'applaudir, ce n'est pas une marionnette, c'est le signor Pulcinella.

Comme il terminait sa phrase, le Polichinelle est arrivé à notre table et, arrêtant d'applaudir, Mister Bravo nous a présentés.

— Mon cher signor Pulcinella, nous avons deux nouveaux arrivants, Mrs et Mister Bisous. Je ne leur ai même pas demandé combien de temps ils comptent passer avec nous.

— Un temps indéterminé, ai-je dit, causant le redémarrage des applaudissements.

Le Polichinelle nous a salués très poliment et s'est assis en face de Mister Bravo, en laissant un siège libre à sa droite et un autre à sa gauche.

— Je réserve ces places pour Miss Ginger et Maître Stradivarius, a-t-il dit. Ils arrivent, je viens de les voir par la fenêtre du jardin.

Il avait un léger accent italien, bien entendu.

— Voici Maître Stradivarius, a dit Mister Bravo, en applaudissant à tout rompre.

Un homme d'environ quarante ans avec un sac à dos est arrivé à notre table.

— Maître Stradivarius, montre à Mrs et Mister Bisous ce qui est écrit sur ton sac.

L'homme s'est retourné et il y avait une bande en toile collée sur son sac qui disait « Stradivarius », précédé d'une clé de *sol.*

— Vous ne verrez jamais Maître Stradivarius sans son sac à dos, a continué Mister Bravo, et il a toujours sa trompette dedans.

— Son violon, a corrigé Jacqueline.

— Oui, pardon, son violon, je m'embrouille toujours les pédales, mais regardez qui arrive aussi.

Et il s'est levé, sans cesser d'applaudir, tandis qu'une vieille dame de quatre-vingts ans ou plus, habillée en maillot et tutu, est arrivée à notre table en dansant sur les pointes.

Le Polichinelle s'est levé aussi et, considérant l'âge de la dame, je n'ai pas pu m'empêcher d'en faire autant, en pensant quand même que, si j'avais la peau des jambes comme elle, je m'y donnerais un bon coup de fer à repasser ou alors je porterais des collants.

— Miss Ginger, a dit Mister Bravo sans cesser d'applaudir, voici deux nouveaux amis à temps indéterminé : Mrs et Mister Bisous.

La vieille dame a sauté une ou deux fois pour retomber en nous faisant une révérence.

— Bienvenue, famille Bisous, a-t-elle dit.

Et le repas a suivi son cours. Je l'ai trouvé assez à mon goût, en particulier le dessert à base de crème de marrons glacés. La conversation, elle aussi, a été agréable : nous avons appris que Mister Bravo avait déjà passé trois ans dans l'hôtel, le Polichinelle cinq et Miss Ginger était la doyenne avec douze ans d'ancienneté.

Avant de nous séparer, ils nous ont fait promettre à Jacqueline et à moi que nous serions désormais compagnons de table ou, comme disent les puristes, « commensaux ».

En sortant, j'ai donné le bras à mon adorable femme pour aller faire un petit tour dans le jardin, mais nous n'avons pas pu profiter de sa beauté parce qu'il faisait nuit.

Ensuite, nous avons regagné nos appartements et nous nous sommes mis à regarder quelques dessins animés à la télé... que j'ai dû éteindre rapidement parce que je les avais déjà tous vus.

La découverte du lit a été un véritable régal : draps impeccables, oreillers très moelleux et nous nous sommes endormis très vite, moi avec la tête dans l'oreiller de Jacqueline, comme j'aime le faire quand les taies viennent d'être lavées.

Les jours suivants se sont passés très calmement. Nourriture variée et toujours savoureuse, conversation amène avec nos nouveaux amis, même quand notre chef de table nous cassait les oreilles avec ses applaudissements.

Les enfants nous appelaient très souvent et ça m'a fait plaisir que, petit à petit, ils se mettent à me demander des nouvelles de leur maman. Comme dans mon cas, la folie les abandonnait avec le temps.

Un matin, pendant que nous étions dans le jardin, Jérôme m'a téléphoné avec une excellente nouvelle : on avait retrouvé mon mocassin dans le tas de ferraille de ma voiture. Je ne lui ai pas demandé si le chewing-gum était toujours là parce que, quelquefois, il a des explosions de colère que personne ne s'explique.

— Qui c'était ? m'a demandé Jacqueline.

— C'était Jérôme et, tu ne vas pas le croire, on a retrouvé mon mocassin dans la Juke.

— Bonne nouvelle ! Mais il doit être dans un sacré état ! Enfin, tu as un tas de chaussures, tu n'as pas vraiment besoin de celle-là.

Je l'ai prise dans mes bras pour qu'on soit bien l'un contre l'autre et je lui ai dit :

— Tu as tout à fait raison, même le plus gros

chewing-gum du monde ne nous empêchera pas de profiter de cette deuxième vie à deux.

Avec le soutien de

FACULTÉ DES
LETTRES
& SCIENCES
HUMAINES

/LES FACULTÉS DE L'UNIVERSITÉ CATHOLIQUE DE LILLE/

Remerciements aux contributeurs

Gustave Fosse, Calixte Delvolvé, Paola Malgorn, MChristine Ampoulange, Jean-Pierre Lacor, Fabrice et Krystyna Hardy, Christophe de Beauvillé, Vincent Hardy, Cécile Guerin, Sabine Verhaeghe, Martine Gilles, Henri Kupczyk, Philippe Bernard, Josette Wambst, Agnès Conesa-Rouat, Caroline Jonglez, Marie Treps, Bernadette Leroux, Marie Houzé, Sosthene Berenger, Henri de Beauvillé, Jean-Luc Souflet, Vincent et Nathalie Houzé, Perrine Marsy, Karine Marsy, Bérengère Levivier, Marguerite Aussedat, Mathilde Robin, Laurence Leuwers, Jean-Paul Leuwers, Isabelle Fosse, Stéphanie Trentesaux, Pascale Spoke Carrouat, Jacques Binsztok, Caroline De Bleeckere, Marie Lacor, Fabienne Vandecapelle, Agnès Binsztok, Pascale Caignaert, Olivia Depoorter, Eric Depoorter, Josette Depoorter, André Depoorter, Josiana Tournemaine, Pascale Tiedrez, Christiane Edwards, Théodore Edwards, Fabrice Bouteau, Solenne de Beauvillé, Franca Trassy, Jean-Pierre Mispelaere, Marie Mispelaere, Bernard Ladent, Oriane Lallemand, Marcelle Battist, Mimi Tiedrez, Georges Kupczyk, Juliette Bouteau, Zoé Hardy, Marie-Cécile Ladrière, Sylvie Roumier, Camille Benoit, Raymond Toursel, Marie-Noelle Laurent, Kriss Camatchee, Léa Binsztok, Morgan Marsy, Nathalie Robert, IsaLau Girault, Jeanine Marsy, Jacques et Marie Claude Hardy, Ludovic Marsy...

Imprimé en France par CPI
en août 2022

Conception graphique et réalisation : Frédéric Hallier/Delvoyeurs

N° d'impression : 171483